小学館文庫

脱藩さむらい

蜜柑の櫛

金子成人

小学館

目次

脱藩さむらい　蜜柑の櫛

第一話　女殺し

一

日の出間近の東の空が、紫がかった深い青に染まっていた。

まるで、この世に禍々《まがまが》しいことなどあるはずがないとでもいうような、神々《こうごう》しい瑠《る》璃《り》色だった。

魚籠《びく》を下げ、袋に入れた釣《つ》り竿《ざお》を肩に乗せた菅笠《すげがさ》の香坂又十郎《こうさかまたじゅうろう》は、『源七店《げんしちだな》』を出て和泉橋《いずみばし》の方へ向けた足を止めて、見上げていた。

空の色に引きかえておれは――又十郎は腹の中で呟《つぶや》いた。

故国の石見《いわみ》を出てからひと月半以上が経《た》つが、その間、思いもよらないことが次々に降りかかった。

義弟、兵藤数馬《ひょうどうかずま》の追討を命じられたのが、今年の三月のことだった。

又十郎の妻、万寿栄《ますえ》は、数馬の実の姉である。

藩政に異を唱える者たちと気脈を通じ、藩政改革の狼煙《のろし》を上げようとする動きは明らかに藩への謀反《むほん》であり、脱藩という大罪を犯した数馬を討ち取らなければならないと、江戸屋敷目付嶋尾久作《しまおきゅうさく》は断じた。

又十郎はやむなく義弟、数馬を討ち果たしたのだ。


和泉橋を渡り、小伝馬町《こでんまちょう》の牢屋敷《ろうやしき》近くに差し掛かった辺りで東の空が一段と明るくなった。

江戸でも釣りを始めようと思い立った又十郎は、数日前、釣り具屋を巡り歩いた。

何軒か回った末に、両国《りょうごく》の釣り竿屋で気に入った一竿を買い求めると、この三日ばかり、毎朝、釣りに出かけていた。

初日は、両国橋に近い大川端《おおかわばた》で釣り糸を垂らした。

釣り上げたのは小魚ばかりで、手ごたえが乏しかった。

次の日は、大川の河口に近い霊岸島《れいがんじま》に釣り場を移したものの、釣果《ちょうか》には物足りないものがあった。

月が替わって五月になった昨日、芝《しば》の浜に足を延ばして海釣りをしたが、掛かるのは小ぶりの鱚《きす》がほとんどだった。

砂浜での投げ釣りというのは、なんとも侘《わび》しいものだった。

石見国の浜岡《はまおか》で、船を仕立てて沖合に出たり、磯釣りをしたりしている又十郎にすれば、波の穏やかな江戸湾での釣りは豪快さに欠けていた。

又十郎の好みは、外海の波が砕ける岩場での釣りだった。

日本海に面した屏風《びょうぶ》ヶ浦《うら》の絶好の釣り場、『鬼石場《おにいしば》』が懐かしく思い出される。

「海釣りでしたら佃島《つくだじま》か、築地《つきじ》の本願寺近くの、南飯田河岸《みなみいいだがし》か明石町《あかしちょう》の突端あたりですかね」

『源七店』の大家、茂吉《もきち》に聞くと、そんな言葉が返って来た。

佃島に行くには渡し船で行くしかなく、又十郎はこの日、築地を目指すことにしたのだ。

西本願寺の北側に架かる備前橋《びぜんばし》を渡る又十郎の真正面から、昇ったばかりの朝日が照り付けた。

橋を渡った先が、木挽町《こびきちょう》築地といわれる場所だった。

汐入《しおいり》を左手に見ながら明石橋を渡ると、鉄砲洲《てっぽうず》築地といわれる土地の南端に明石町があり、明石河岸が江戸湾に突き出していた。

河岸の突端に立つと、大川の河口付近に石川島《いしかわじま》が望めた。

釣り竿を組み立てると、糸を垂らした。

餌は、八丁堀近くの釣り具屋で買ったゴカイである。

河岸の石垣は大した高さはなかったが、芝の浜辺に比べたら海釣りの気分になれた。

朝日に照らされたせいなのか、潮の香りが強くなったような気もする。

四半刻《しはんとき》（約三十分）も座っていると、顔が火照《ほて》った。

被《かぶ》った菅笠を突き通すようにして、夏の日射《ひざ》しが、又十郎の頭部を襲った。

最初に掛かったのは、この時期、海水の混じる川にも入り込むフッコだった。

セイゴ、フッコと名を変える出世魚の鱸《すずき》は、初秋に旬を迎える。

一刻半（約三時間）ばかりで、又十郎の魚籠は魚で一杯になった。

フッコをはじめ、鯵《あじ》、飛び魚、石鯛《いしだい》と、満足の行く釣果である。

釣り場を後にした又十郎は、明石橋を木挽町築地へと渡った。

途端に、生臭い魚の匂いが鼻先を掠《かす》めた。

風向きのせいか、朝早く来た時には感じなかった懐かしい匂いだった。

又十郎の釣りの師でもある勘吉《かんきち》の住む浜岡の漁師町、豊浦《とようら》と同じ匂いがした。

開けっ放しの家の中で魚を捌《さば》いている漁師の姿が通りから見えた。女たちが、開いた鯵を天日に干している光景もあった。

南飯田町界隈《かいわい》は、江戸湾の漁師町だった。

四つ辻《つじ》を西本願寺の方へ曲がった先にも、天日干しの魚が大量に並んでいた。干し具合を見てみようと、又十郎が顔を近づけたとき、

「おい。なにをしてんだ」

野太い女の声がした。

開いた魚を載せた笊《ざる》を両手で抱えた、体格のいい女が睨《にら》みつけていた。三十ばかりの、日に焼けた土地の女房に違いなかった。

「釣りの帰りに通ったら、生国の漁師町を思い出してな」

又十郎は、魚籠をそっと持ち上げた。

「国は西国でな。漁師町に知り合いがいて、よく遊びに行っておった。国の方じゃ、魚だけじゃなく、若布《わかめ》も干していたがな」

又十郎の話に、三十女の顔から刺々《とげとげ》しさが消えて行った。

「ここんとこ、出来上がる前の干魚《ひざかな》を盗みに来る連中がいるもんだから」

女が、大声で咎《とが》めたことを、暗《あん》に詫《わ》びた。

「そりゃ難儀なことだな」

そう口にしたが、お追従ではなかった。

浜岡の漁師たちが、干魚作りに手間暇をかけているのを又十郎は見知っていたし、手がかかる割に儲《もう》けが薄いこともよく知っていた。

勘吉の女房が、よく笑いながら愚痴をこぼしていた。

「近くかい」

女が、ぶっきらぼうに尋ねた。

「神田《かんだ》からだ」

「わざわざかね」

と、呆《あき》れたような眼《め》で又十郎を見た。

「海に面した国だったから、海釣りが好きでな」

又十郎が笑みを浮かべた。

「だったら、またおいでよ。今の時期は、コチや穴子《あなご》だって掛かるよ」

女の顔にも笑みが零《こぼ》れ、今度、釣餌が足りなくなったら訪ねて来いとも言ってくれた。

名を尋ねると、

「築地は、南小田原町《みなみおだわらちょう》の梶《かじ》だよ」

お梶が目尻を下げた。

又十郎が『源七店』に戻ったのは、九つ（正午頃）を少し過ぎた頃合いだった。

明石河岸で釣りをした帰り、小伝馬町の蕎麦《そ》屋《ば》に立ち寄った。

昼餉《ひるげ》の盛り蕎麦を食べ終わった頃、日本橋、本石町《ほんこくちょう》の時の鐘が打ち終わっていた。

『源七店』に戻った又十郎は大忙しだった。

井戸端に座り込んで、魚の鱗《うろこ》を剝がすのに半刻（約一時間）掛かった。

石鯛と飛び魚は三枚に下ろして、中皿《ちゅうざら》二枚分ほどの刺身にした。

フッコと鰺、それぞれ五尾を真水で洗うと笊に並べた。

魚の頭も骨も無駄にはならない。

潮汁《うしおじる》にも出来るし、味噌《みそ》を溶かせば出汁《だし》の利いた味噌汁も出来る。

又十郎は、まだ『源七店』にいた、夜鳴き蕎麦屋の友三《ともぞう》や、隣家の女房、おはま、大家の茂吉に捌いた魚を分けた。

針売りを生業《なりわい》にしている向かいの住人、お由《よし》と、船頭の喜平次《きへいじ》が明るいうちに戻って来たので、刺身とフッコ、鰺を分けてやった。

夕刻の『源七店』が、魚の煙に包まれたのは言うまでもなかった。

『源七店』の路地に夕刻漂った魚の煙は、日暮れと共に消えていた。

その代わり、茂吉の焚《た》く蚊遣《かや》りの煙がゆるゆると路地を流れた。

夕餉《ゆうげ》の前に湯屋へ行った又十郎は、湯をかぶった途端、声を上げた。腕や首がヒリヒリした。

昼前の一刻半ほどの釣りで、かなり日に焼けていたのだ。

又十郎が、夕餉の後片付けをすっかり済ませ、冷めた麦湯を湯呑《ゆのみ》に注《つ》いだ直後、

「さっきは結構な物をどうも」

と、戸口に立ったのは喜平次だった。

又十郎から貰《もら》った刺身は夕餉で食べ尽くし、フッコと鯵は塩焼きにして明日の朝の膳に載せるつもりだと口にした。

暑いこの時期、生魚のまま明日まで取っておくのは剣呑《けんのん》である。

「お礼と言っちゃなんだが、一緒にどうですか」

喜平次が、持参した二《に》合徳利《ごうどつくり》を持ち上げた。

「ありがたい」

又十郎は、喜平次を中に招き入れると、茶簞笥《ちやだんす》から湯呑を二つ出した。

その湯呑に酒を注いだ喜平次が、

「注いだり注がれたりというのはどうも気づまりでいけねぇから、この後は手酌《てじやく》でいきましょう」

そう申し出た。

「うん。そうしよう」

提案に賛同した又十郎は、喜平次と湯呑を捧《ささ》げ合い、口をつけた。

「おれは香坂さんを見直したね」

空になった湯呑に酒を注ぎながら、喜平次がぽつりと口にした。

「見直すとは、なにを」

「いや。香坂さんは、見るからに生真面目《きまじめ》な顔つきだから、さぞかし武骨な田舎侍だろうと思っていたんだよ。そしたらどうだい、釣りはするわ魚は捌くわ、案外砕けたお人でほっとしましたよ」

「わたしは、砕けているとは思わんが」

「その物言いが堅苦しいが、ま、そのうち香坂さんはもっと砕けます」

そう断じて、喜平次は湯呑を呷《あお》った。

調子を合わせるように、又十郎も湯呑を空けた。

「喜平次の言う、砕けるとは、どのようなことだな？」

徳利を持った手を思わず止めて、又十郎が小首を傾《かし》げて尋ねた。

「早い話が、飲む打つ買うの三段重ねですよ」

喜平次が、さらりと口にした。そして、

「酒はいける口だと見たが、博奕《ばくち》やあっちの方とは縁が薄そうだからさ」

仲間内で賽子《さいころ》遊びをしたこともあるし、浜岡の遊郭に繰り込んだこともあったが、縁が薄いという喜平次の推察は、大方当たっていた。

又十郎は、苦笑いを浮かべて酒を注いだ。

「そのうち、おれがいいとこに案内しますよ」

喜平次が身を乗り出して、囁《ささや》いた。

様々な人を様々なところに運ぶ船頭という仕事柄、喜平次の顔は広かった。

江戸のあちこちに、顔の利く博奕場もあるという。

「だが、博奕は表向き御法度《ごはっと》だから、いつ何時役人が踏み込んで来るか知れやしねぇ。打つ方はやめて、買う方にしましょ」

そう言うと、喜平次はうんと声を出して一人合点した。

「みんなは吉原吉原《よしわら》と口にしますが、気楽に遊ぶには面倒臭ぇし、安くもねぇ。おれなら、香坂さんを岡場所《おかばしょ》に案内するね」

喜平次が口にした吉原は、幕府公認の遊郭だった。

幕府の公認とはいえ、江戸の北方、浅草《あさくさ》の外れにある吉原は、多くの男どもには遠く、不便だった。そのうえ、決まり事も多く、値も張った。

そんな吉原に対抗するように生まれたのが岡場所である。

江戸の四宿《ししゅく》である内藤新宿《ないとうしんじゅく》、品川《しながわ》、板橋《いたばし》、千住《せんじゅ》をはじめ、護国寺《ごこくじ》門前の音羽《おとわ》、永代《えいたい》寺《じ》門前の深川《ふかがわ》、増上《ぞうじょうじ》寺門前の芝、根津《ねづ》権現《ごんげん》門前の根津など、あらゆるところに岡場所が出来た。

手軽で安く遊べる岡場所は、町人の人気を得ていた。

「香坂さんなら、どのあたりがいいかね。品川がいいか深川か、はたまた根津なんぞ」

「いやいや。そちらの遊びについては、お気遣いなく」

又十郎は、大きく、手を左右に打ち振った。

と、戸口に人の気配が立った。

「あ。やっぱり喜平次さんだったか」

戸を開けて路地から顔を突っ込んできたのは、おはまの亭主で飛脚の富五郎《とみごろう》だった。

「香坂さんの独り言にしちゃおかしいなと思ってさぁ」

「富五郎さんもお入りなさい」

又十郎が笑顔で徳利を指さすと、

「蚊が入るから早く早く」

喜平次が急《せ》かした。

「かかあによれば、夕餉の魚は、昼間、香坂さんに貰ったとかで、どうもありがとう存じやした」

土間から上がるなり、富五郎が又十郎に首《こうべ》を垂れた。

「おれも、そのお礼にと酒をさ」

「ああ、喜平次さんもそうか、酒ならうちにもあるから持ってこようか」

「いや、お気遣いなく」

腰を上げかけた富五郎を、又十郎が慌てて制した。

「また何か折があれば、そん時は富五郎さんの酒でということにしようじゃありませんか」

喜平次の提案に、

「お、そうしよう」

富五郎はぽんとひとつ膝を打つと、胡坐《あぐら》をかいた。

富五郎の一杯目は喜平次が酌をした。

「そいじゃ、ま」

富五郎の声で、又十郎と喜平次も口に酒を運んだ。

「そうそう。夕方、友三さんが出かけた後、おていさんの様子を見に行ったら、貰い物の魚、喜んでたよ」

そう口にした富五郎が、又十郎に顔を向けた。

夜鳴き蕎麦屋の友三は、夕刻になると屋台を担いで『源七店』を出るのが常だった。

友三の女房はおていといって、寝ていることの方が多い病持ちである。

友三が留守にした後は、『源七店』の大家や住人が、おていの様子を気に掛けるのが習わしになっていた。

「出かける前、友三さんが潮汁を作って飲ませたらしくて、医者の薬より効くようだなんて、おていさん笑ってた。香坂さんに一度礼を言いたいとも口にしてましたよ」

富五郎が、又十郎に小さく頷《うなず》いた。

「礼のことはともかく、わたしも一度、友三さんのお連れ合いに挨拶したいものです」

「え。香坂さん、まだ会ってなかったのかい」

目を丸くした喜平次に、

「病弱だと聞くと、いつ挨拶に行っていいものか、迷いましてね」

と、又十郎は苦笑いを浮かべた。

「なるほど」

そう呟いた喜平次が、自分の湯吞に酒を注いだ。

「さっき二人で、なんの話をしてたんだい。品川とか深川とか聞こえたが」

そう口にして、富五郎が湯吞の酒を一口飲んだ。

「うん。あれだよ。ほら、香坂さんの釣りの話さ。どこで釣ってるのかと聞いてたところだよ」

「さよう、さよう」

又十郎は、喜平次に合わせた。

今日は築地で釣ったが、本当は磯釣りをしたいのだと、本心を口にした。

「海に面した生国には、『鬼石場』という格好の岩場があってな。鬼の石の場所と書いて『鬼石場』」

以前、喜平次に話したことはあったが、富五郎には初めてだった。

その海が石見国の浜岡だということは、無論、秘した。

「『鬼石場』とは、なんとも恐ろしい名ですなぁ」

富五郎が軽く唸《うな》った。

「そこは、波が荒く、多くの漁師も恐れる岩場なのだが、一か所、岩礁に守られた潮《しお》溜《だま》りがあってな」

又十郎は、釣りの師と仰ぐ浜岡の漁師勘吉と二人釣りに出かけた四、五年前、偶然見つけた格好の漁場のことを話し出した。

外海の波に押された勘吉の船が、幸運にも、岩と岩の間をするりと通り抜けた先に、波の穏やかな二十坪ほどの潮溜りがあった。

試しに釣り糸を下ろすと、一刻（約二時間）ばかりの間に、二人で船底が見えなくなるほどの魚を釣り上げた。

その場所のことをそれまで耳にしたことはなく、恐らく、土地の漁師も知らない潮溜りだと思われた。

又十郎と勘吉は、二人の秘密の漁場と決め、人前では『鬼石場』という符牒《ふちょう》でやり取りをすることにした。

「そういう名を耳にすれば、誰もが恐れを抱いて近づかないはずだと、二人で相談して付けた名だよ」

又十郎が説明すると、

「香坂さんも、案外みみっちいな」

喜平次が眉をしかめた。

「ありていに言えば、釣りに関しては少々意地汚くなるところが、なくもない」

いくらかむっとした又十郎が、口を尖《とが》らせて告白した。

「素直でいいや」

そう言い放って、喜平次がハハハと笑い声を上げた。

「しかし、この近くに香坂さんが気に入るような釣り場はあるかねぇ」

富五郎が呟くと、

「安房《あわ》か、相模《さがみ》の三浦《みうら》、城ケ島《じょうしま》あたりに行けばありそうだが、江戸近辺にはあるめぇな」

　喜平次が胸の前で腕を組んだ。

「だがよ、いつか折があったら、品川沖や浦安《うらやす》や行徳《ぎょうとく》くらいには連れて行ってあげますよ」

「それはありがたい」

　又十郎が返事をすると、

「そん時は、今日みてぇに、魚付きですぜ」

　そう口にした喜平次に、又十郎は、にやりと笑って頷き返した。

二

　翌朝、又十郎は、釣りに出かけなかった。

　昨日の釣果が、朝餉の膳にも載るほど余っていたので、釣りは日を置くことにした。

『源七店』の住人、針売りのお由や船頭の喜平次、それに富五郎と通い女中のおきよ父娘《おやこ》が仕事に出て行った後、又十郎は煮魚を載せた皿を手に、友三の家の戸口に立った。

「おはよう」

声を掛けると、中から戸が開いて、友三が顔を出した。

「昨日のうちに煮付けにしておいた石鯛の切り身なんだが、朝餉にどうかと思ってな」

又十郎は、切り身の煮付けが二つ載った皿を差し出した。

「昨日も今日も、有難いこった」

皿を受け取った友三がそういうと、

「入っていただいたら」

家の中から、おていと思《おぼ》しき女の声がした。

「丁度《ちょうど》、湯を沸かしたばかりだから、茶でも」

友三が、中に入るよう顔を動かした。

「それでは」

又十郎は軽く頭を下げると、土間に足を踏み入れた。

板張りの奥に敷かれた薄い布団に、ちょこんと座った老婆がおていに違いなかった。

「お初にお眼に掛かる」

又十郎の挨拶に、持っていた湯呑を板張りに置いたおていが、丁寧に手を突いた。

「美味《おい》しい魚を、ありがとうございました」

力のない声だったが、おていの言葉は聞き取れた。

「どうか、手を上げてください」

又十郎の物言いに素直に従って、おていはゆっくりと顔を上げた。

色白で小顔のおていの表情は穏やかだったが、精気に乏しかった。

「今日は珍しく気分がいいようで、こうして起きてるんですよ」

竈《かまど》の前で茶を淹《い》れていた友三が、おていの方を顎で指した。

「そりゃよかった」

「ええ」

又十郎に笑みを向けたおていが、また湯呑を手に取った。

「安ものですが」

上がり框《かまち》に湯呑を置くと、友三は土間から板張りへと上がった。

「遠慮なく」

框に腰掛けた又十郎が、湯呑を手にした。

「香坂様は、包丁使いがお上手なのですねぇ」

おていが、しみじみと呟いた。

「釣り好きが高じて、ついつい台所に立つようになって」

又十郎は、苦笑いを浮かべた。

「生国は西国と聞きましたけど、お国に奥様は」

「おてい」

小さいが鋭い声で、友三が窘《たしな》めた。

「これは、申し訳ないことで」

蚊の鳴くような声を出して、おていが小さく頭を下げた。

「気になさいますな」

笑み混じりでさらりと口にすると、又十郎は湯呑を口に運んだ。

その時、開いた戸の外を、奥の方に通り過ぎた男の顔が眼に入った。

日本橋の蠟燭《ろうそく》屋『東華堂《とうかどう》』の手代、和助《わすけ》だった。

「人が訪ねてきたので、わたしはこれで」

湯呑を置くと、又十郎は腰を上げた。

友三の家から路地に出ると、

「わたしに用事かな」

和助の背中に声を掛けた。

友三の家をちらりと見た和助が、

「嶋尾様がお呼びです」

と、又十郎に向かって声を潜めた。

すぐに、捉えどころのない嶋尾の顔が眼に浮かんだ。

一見穏やかな表情の裏には酷薄さがあることを、又十郎は知っている。

義弟の兵藤数馬を討ち果たすという藩命を遂行したからには、浜岡に帰ることが出来ると思っていたのだが、嶋尾の口から思いもかけない事実が語られた。

「国元の大目付《おおめつけ》、平岩左内《ひらいわさない》様からの便りによれば、その方も脱藩者の烙印《らくいん》を押されているようだ」

国元の勝手な処分だというような口ぶりだったが、又十郎の処遇は、恐らく国元の大目付と嶋尾の間で、すでに諮《はか》られていたのだと思われた。

「心中は察するが、もはやそなたには否やを言う余地はないのだ。この上は、江戸に留《とど》まって、陰ながら、藩邸のゴミを一掃してくれぬか」

思い余って刀を抜いた又十郎に対して、嶋尾が穏やかに持ち掛けた。

「拒めば、なんとなされます」

「香坂又十郎の縁に繋がる者にお咎めをと、血気に逸《はや》る方々が、国元にはお出《い》でになるやもしれぬ」

まるで他人事《ひとごと》のように嘆いてみせた嶋尾を前に、又十郎は刀を収めるしかなかった。

「いつもの寺なら、道はもう覚えたが」

又十郎は、案内するという和助の申し出をやんわりと断った。

神田《かんだ》八軒町《はちけんちょう》の『源七店』を出た又十郎は、御成街道《おなりかいどう》の広小路へと出た。

日本橋へ戻ると言う和助と別れた又十郎が足を向けたのは、神田明神《みようじん》へと続く湯《ゆ》島《しま》の坂道である。

「玉蓮院《ぎよくれんいん》にお出でくださいとのことでございます」

訪ねてきた和助は、そう口にした。

又十郎が嶋尾久作に呼び出されて会うのは、大概、本郷の台地にある玉蓮院だった。

加賀前田《かがまえだ》家上屋敷前を過ぎ、本郷《ほんごう》の追分《おいわけ》を右へ僅《わず》かに行った先にある小路を右に入り、角を二つ曲がったところに玉蓮院があった。

初めて連れて行かれた日、藩主松平忠熙《まつだいらただひろ》にゆかりの寺だと和助の口から聞いていた。

玉蓮院に着いて来意を告げると、いつもの離れに通された。

渡り廊下の先にある六畳ほどの広さの離れは、庭に面した障子も床の間の丸窓も開けられて、夏の光が柔らかく射し込んでいた。

周りに立つ高木が，葉の繁《しげ》った枝を左右に広げて、離れに直《じか》に射し込む日の光を遮っていた。

突然、渡り廊下を渡る荒々しい足音がした。

やがて現れた嶋尾久作は、床の間を背に胡坐をかいて、又十郎と向かい合った。

「いやぁ、呼び出して相済まぬ」

嶋尾は、座る早々、ため息混じりに口を開いた。

「近藤次郎左衛門《こんどうじろうざえもん》様が、またしても安請け合いをなされてな」

嶋尾の口からその名を耳にしたとたん、又十郎は気が重くなった。

近藤次郎左衛門というのは、浜岡藩江戸屋敷のお留守居役である。

公儀との交渉ごとなどに携わる留守居役は、他の大名家の留守居役とも旗本家とも顔なじみとなり、普段から、悩みごと、困りごとの相談をし合うほど、交流は親密だった。

悩みごとや困りごとは、なにも藩政に関わることだけではなく、各藩の江戸屋敷内の些細《ささい》な出来事にまで及ぶともいう。

その近藤次郎左衛門が安請け合いをしたお蔭《かげ》で、又十郎は、他家が持て余していた家臣の斬殺を嶋尾から命じられたことがあった。

酒癖が悪く、傲慢無礼な侍だったが、なにも斬るほどの巨悪ではないと見た又十郎は、相手の手足に峰打ちを叩《たた》き込んだだけで、命は取らなかった。

その結果、嶋尾の不興を買った。

「よいな香坂。今後、勝手なふるまいは一切不要ぞ」

嶋尾は、又十郎の独断を厳しく咎めたのだった。

そのことがあってから、およそ十日が経っていた。

「近藤様が、かねてから懇意にしておられる大身の旗本家の窮状をお知りになって、力を貸すと口を利かれたようなのだ」

　静かに口にした嶋尾が、庭の方を見てため息をついた。

「窮状と言っても、お家の存続に関わるようなことではないのだ」

　その旗本家には冷や飯食いの三男が居るのだと、嶋尾が話を続けた。

　養子先も決まらない三男は、親たちに内緒で、同じ旗本の小倅《こせがれ》どもと夜の巷《ちまた》で遊興《ゆうきょう》三昧《ざんまい》を繰り返していた。

　十日ほど前のことだった。

「出て来い！　卑怯者《ひきょうもの》。金を返せ」

　件《くだん》の旗本家の門前に若い女が立って、高らかに三男の名を呼んだという。

　同じことが、日を置いて二度あった。

「屋敷の者が相手にしないでいると、三度目には、その女、門前で着物を脱いですっ裸になったそうだ」

　嶋尾によれば、近隣の武家屋敷から中間《ちゅうげん》などが飛び出して来て、大騒ぎになったようだ。

　辻番所の者が駆け付けて宥《なだ》めすかし、その場から帰したものの、それだけで収まるとは思えないほど、女の怒りには凄《すさ》まじいものがあった。

「困っているのは、件の旗本家だよ」

そう口にして、嶋尾はふうと息を吐いた。

又十郎は、嶋尾の次の言葉を待った。

又十郎に何を求めているのか、今のところ見当もつかない。

「その女と旗本家の倅の間になにがあったか、目下、手の者に調べさせている。というのも、その倅が、女との経緯《いきさつ》を誰にも話したがらないのでな」

「女の素性が知れたらなんと」

又十郎は、声を低めた。

「旗本家とすれば、その女に死んでもらいたいそうだ」

何のためらいもなく、嶋尾が口にした。

「女にたびたび押しかけられて、そのたびに門前で裸になられたんじゃ、お家の名に傷もつくし、外聞も悪かろう」

「それは、つまり」

又十郎が少し身を乗り出した。

「その女の始末を頼みたい」

嶋尾の口から、懸念した通りの答えが出た。

「殺せということですか」

又十郎が念を押すと、面倒臭そうに顔をしかめた嶋尾が腰を上げて縁に立ち、背中を向けた。

「金で済ませる手もあるが、それだと旗本家の倅に非があると認めることになるし、味をしめた女が、この後もたびたび金をせびりに来る恐れがある。禍《わざわい》は、すっぱりと根を断ち切る方がいい」

そう言い切った嶋尾が、又十郎を振り向いて小さく笑みを浮かべると、

「というのが、向こう様のご意向でな。近藤様は、仕方なくそのことを受け入れられたのだよ」

囁くような声を出した。

そしてすぐにまた庭に顔を向けると、

「他家に貸しを作っておけば、先々、万一当家が窮した時に救いの手を差し伸べてくれるということもあるのだ」

以前も口にしたのと同じような文句を並べた。

そのことに、又十郎はなんの反応も示さなかった。

嶋尾は、背中を向けたまま黙り込んだ。

又十郎が女殺しを躊躇《ためら》っていることを、恐らく、察しているに違いない。

又十郎は、浜岡藩奉行所の同心頭《どうしんがしら》として刑人《けいじん》の首を刎《は》ねたことはあるが、女の首切りを務めたことは一度もなかった。

「嶋尾様。わたしは何のために江戸に居るのでしょうか」

又十郎は、穏やかな声で問いかけた。

「江戸にいる浜岡藩の家臣のうちの、悪《あ》しき虫を潰すためだと言ったはずだが」

嶋尾の声も穏やかだった。

今更何を聞くのか、と、そう言いたげな口ぶりでもあった。

「その役目が、なにゆえわたしでなければならぬのですか」

又十郎は、敢《あ》えて口にした。

嶋尾の返事に、何かを期待していたわけではない。

指図に対して、唯々《いい》諾々《だくだく》と従っているのではないという気概くらいは示しておきたかった。

畳を踏みつけるようにして部屋に戻って来た嶋尾が向かいに座ると、ほんの少しの間、又十郎の顔を凝視した。

「このところ魚釣りに勤《いそ》しんでいると聞く」

嶋尾がいきなり話を変えた。

やはり、又十郎の普段の動向に眼を向けていたのだ。

「国元では、休みのたびに釣りをしておりましたゆえ」

そのことに嘘《うそ》はなかった。

釣りに通ううちに、国元で小さい時分から眼にした多くの釣り人の姿を思い出した。まるで無の境地にいるようで、恨みや怒りなど、邪心のかけらも持ち合わせていない穏やかな人物に見えた。

今の境遇を泳ぎ切るには、死んだふりをするのもひとつの手ではないのか——ふと、そういう考えが浮かんだ。

不服と怒りを抱えながらも、抗《あらが》っても無駄なら恭順の意を示せばいいのだ。

嶋尾をはじめ、配下の伊庭精吾《いばせいご》など、又十郎を密《ひそ》かに監視している横目たちの目くらましに、釣りは格好の隠れ蓑《みの》になった。

「己の趣味趣向に本腰を入れたということは、よい兆《きざ》しだ。江戸に腰を据える覚悟をしたということだからな」

そう言い切ると、嶋尾はにやりと笑いかけた。

「は」

又十郎は、平然と頭を下げた。

三

木挽町築地に隣接する明石河岸は薄曇りだった。

又十郎は暗いうちから釣り糸を垂らしていたが、日が昇ってからも菅笠を被るほどの強い日射しにはならなかった。

玉蓮院で嶋尾久作と会った日の翌日である。

昨日の夕刻、野分《のわき》と思わせるような風が神田八軒町界隈を吹き抜けた時は、この日の釣りなど思いもよらなかった。

雨混じりの風が、乾き切った砂や埃《ほこり》を吹き飛ばしたが、半刻もするとぴたりと止《や》んだ。

夜になって星が輝いて初めて、

「明日は釣りだな」

と、又十郎は決意した。

そう決めたのは、嶋尾や横目頭《よこめがしら》、伊庭精吾らの眼を誤魔化す方便ではなかった。

昨日、釣った魚を分けて、『源七店』の住人たちに喜んでもらえたことに気を良くしたのだ。

今度も釣果を上げて多くの魚を配り、もっと喜んでもらおうという色気が出た。

釣り糸を垂らして一刻半もすると、釣った魚が魚籠一杯になった。

釣りはやはり、暗いうちからするに限る――腹の中でにやりと呟くと、又十郎は竿を畳んだ。

六つ（六時頃）の鐘が鳴ってから、半刻ほどが経っていた。

明石橋を渡って、南飯田町から南小田原町へと差し掛かった時、家並の陰にある広場で、妙な動きをする幾つかの小さな人影が眼に入った。

広場には多くの板が並べられ、魚の開きが干されていた。

一昨日、魚の干し場を覗《のぞ》いた又十郎が、土地の女、お梶に見咎められた場所である。

干された魚の近くで動いていたのは、三人の男児だった。

「なにをしている」

又十郎が声をかけると、三人がぴくりと動きを止めた。

十から十四、五くらいの少年たちである。

三人の手には干魚があり、一人の少年の持つ笊にはすでに数枚の干魚があった。

出来上がる前の干魚を盗みに来る者がいる——そう口にしたお梶の言葉が思い出された。

又十郎が一歩踏み出した途端、少年三人が一斉に駆け出した。

二人は小路を西に向かい、もう一人の太り気味の少年は南へと走った。

又十郎は、咄嗟《とっさ》の判断で、太り気味の少年を追った。

一旦、南へと走った太り気味の少年は、講武所《こうぶしょ》西端の小路を西本願寺の方へ曲がった。

釣り竿と魚籠を手にして走りにくかったが、又十郎は築地川に架かる本願寺橋の袂《たもと》で、足の遅い太り気味の少年に追いついた。

腕を摑《つか》むと、少年はすぐに立ち止まり、両肩を大きく上下させた。

「今日は何枚手に入れたな」

又十郎が穏やかな声で問いかけた。

声を出すのも難儀そうに、少年は黙って又十郎の顔を見た。

「一緒にいたのは、仲間か」

その問いかけに、少年はただ頷いた。

「仲間は、どこにいる」

少年は一瞬躊躇ったが、又十郎の穏やかな声に気を許したのか、ゆっくりと東の方を指さした。


又十郎が、太り気味の少年に案内されたところは、小さな稲荷《いなり》だった。

本願寺橋から築地川に沿って東に進んだ先に波除《なみよけ》稲荷があった。

少年と並んで境内に足を踏み入れた途端、祠《ほこら》近くで屯《たむろ》していた四人の少年がそれぞれ棒を手にして身構えた。

又十郎を睨む少年たちの眼に、剝《む》き出しの敵意が見て取れた。

四人の中に、南小田原町から逃げた二人の少年が居た。

「捨松《すてまつ》を渡せ」

一番の年かさだと見える少年が前に出て、低い声を発した。

「お前、捨松か」

又十郎の問いに、太り気味の少年が頷いた。

又十郎は、捨松の背中を押して、少年たちの方に行かせた。

突然、細身の少年と眼の鋭い少年二人が、棒を振り上げて又十郎に向かって来た。

魚籠を投げ捨てて、咄嗟に体《たい》を躱《かわ》したが、間髪《かんはつ》を容《い》れず二本の棒が風を切って又十郎に殺到してきた。

この手の喧嘩《けんか》には慣れているらしく、少年二人の棒使いには鋭さがあった。

又十郎は堪《たま》らず、布袋に仕舞った釣り竿を刀代わりにすると、打ち込んできた少年二人の腕を次々に叩いた。

「あっ」

声を上げた少年二人の手から棒が飛んで、地面に転がった。

五人の少年たちが、怯《おび》えたような眼を又十郎に向けた。

「なにも、痛い目に遭わせるために来たのではないのだ」

又十郎が静かに口を開いたが、少年たちの顔から警戒の色が消えることはなかった。

「わたしはこの前、釣りの帰りにその先の南小田原町で、いつも干物を盗む盗人だろうと疑われた。だが、先ほどの三人を見て、盗人はどうやらお前たちだと睨んで、確かめに来たんだよ」

「確かめてどうするんだ」

筋骨逞《たくま》しい体をした年かさの少年が、疑り深い眼差《まなざ》しを向けた。

「ただ、確かめたかっただけだ」

又十郎の返事に嘘はなかった。

しかし、少年たちから猜疑心《さいぎしん》は消えず、不安げに顔を見合わせている。

「おれたちを、役人に突き出すんじゃねぇのか」

又十郎が腕を叩いた細身の少年が、上目遣いで見た。

「そのつもりはない」

又十郎の返事に、少年たちは戸惑っていた。

筋骨逞しい年かさの少年を中心にして、輪になった五人がひそひそと話し合い、ちらりと又十郎を窺《うかが》っては、またこそこそと話し合いを続けた。

又十郎の言葉をどう受け取ればいいのか、苦慮しているようだ。

話し合いはほんの少しで済んだ。

「それじゃ浪人、ここに何しに来たんだよ」

筋骨逞しい年かさの少年の二重《ふたえ》の眼からは、険《けん》が取れていた。

他の少年たちが、又十郎の返事を待つかのように、年かさの少年の左右に立った。

「物好きというやつかな。又十郎の返事を待つかのように」


「物好きというやつかな。少年三人が干物を盗むのは何ゆえか。なぜ、盗まなければならんのか。それを、なんだか知りたくなった」

又十郎は、思ったままを打ち明けた。

「腹が減ったからだ」

これまで一言も口を利かなかった、暗い眼をした少年が、低い声を発すると、

「食い物を買う銭がなきゃ、盗むしかねぇんだ」

「腹が減るのが一番辛《つれ》ぇからよ」

少年たちが次々に声を上げた。

「お前たち、身寄りがないのか」

又十郎の問いに、五人の少年が黙って頷いた。

三年前に町で知り合い、以来、波除稲荷を根城にして暮らしているのだと、年かさの少年が告白した。

江戸に来てから、又十郎は町をさまよう年端《としは》も行かない子供や荒《すさ》んだ眼をした少年たちを何度か見かけていた。

国の浜岡でも珍しいことではないが、大都江戸には、比べものにならないほど夥《おびただ》

しい数の孤児《みなしご》が居た。

「食べるだけなら、なにも盗まなくても済むではないか」

そう口にした又十郎を、口を大きく開けた少年たちが、きょとんと見た。

「お前たち、朝餉はどうするんだ」

又十郎が尋ねると、少年たちは首を捻《ひね》った。

その様子から、彼らには、朝餉を摂《と》る当てなどないのだと見受けられた。

食にありつくのも、行き当たりばったりなのかもしれなかった。


築地川の河岸に焚火《たきび》の煙が立ち昇っていた。

焚き木の中に、湿ったものがあったのかもしれない。

又十郎は、五人の少年たちに混じって、魚の焼き具合を見ていた。

今朝、又十郎が釣り上げた魚を竹や木の枝を削った串に刺して、焚火の周りに立て掛けていた。

鯵と飛び魚と鯖《さば》をそれぞれ二本ずつ、締めて六本を串刺しにした。

又十郎は、腹を空《す》かした少年たちに魚を振る舞うことにしたのだ。

孤児《みなしご》たちに鍋釜の用意はなく、煮物は無理だが、焼き魚なら出来る。

波除稲荷の境内で火を熾《おこ》すのは憚《はばか》られたので、築地川を少し西に行った河岸で焼くことにした。

少年たちは、火を熾すくらいなんでもなかった。

「冬になれば、拾った木を燃やして温まるからね」

細身の少年が、自慢げに胸を張った。

「捨松という名は分かったが、他の者の名はなんだ」

「おれは、太吉《たきち》だ」

筋骨逞しい一番年かさの少年が、しっかりとした声で応えると、

「そいつが一番年下の平助《へいすけ》」

茫洋とした丸顔に笑みを浮かべた、十ばかりの少年を指さした。

「おれは徳次《とくじ》」

自ら名乗ったのは、又十郎が腕を叩いた細身の少年だった。

はしこい動きを見せた徳次は、何かにつけて機知に富んでいるような顔つきをしていた。

「重三《しげぞう》」

ぼそりと一言口にしたのは、又十郎が腕を叩いたもう一人の少年だった。

顔つきも眼つきも暗い重三は、腕を組んでしゃがみ込み、焚火の火をじっと見ていた。

「重三とおれは同い年の十四だ」

又十郎を見て、徳次が頷いた。

「親が付けた迷子札があったわけじゃねぇから、年なんかあやしいもんさ」

太吉がふんと鼻で笑った。

「そうしたら、太吉さんなんか、案外十七、八かもしれないね」

尻を地面につけて座り込んでいた捨松が、のんびりとした物言いをした。

「お前は幾つだと触れ回ってるんだ」

「十五」

尋ねた又十郎に、太吉は素直に答えた。

「わたしの名は、香坂又十郎だ」

名乗ったが、少年たちから大した反応はなかった。

「そろそろ焼けたんじゃねぇのか」

徳次の声に、又十郎が腰を落として魚の焼け具合を見た。

「うん。焼けておる」

又十郎が頷くと、少年たちは一斉に、目当ての魚の串を手にした。

又十郎も、飛び魚の串を手にした。

齧《かじ》りつくと、香ばしい味がした。

「美味《うま》い！」
徳次が大声を上げた。
他の少年たちから声がなかったのは、返事をする間を惜しんで焼き魚を頬張ってい
たからだ。
「近くには海があるんだ。海にはこういった魚もいる。人の物を盗むことなく、自分
たちで釣り上げたものを口に出来るではないか」
又十郎の言葉に、少年たちの反応はなかった。
「お前たち、これまでいったい、どうやって稼ぎ、どう食べ物にありついていたん
だ」
「かっぱらい」
一番年下の平助が、堂々と口にした。
「あとは、青物河岸《あおものがし》やら魚河岸《うおがし》やらで落ちてるもんを拾い集めて来る」
そう言って、うんうんと一人頷いたのは捨松だった。
徳次に至っては、人の集まる寺社の境内や、花見などで賑《にぎ》わう行楽地で置き引きや
万引きをするのだと胸を張った。
年寄りなどの荷物を親切に持ってやるふりをして、そのまま逃げるのも得意だと、
少年たちは口を揃《そろ》えた。

大きな寺社の本堂、本殿などに忍び込めば、供え物の米や味噌、昆布や酒などがあって、それほど、食べるには困らないのだと太吉が締めくくった。

「それはいかん」

又十郎が、つい、声を張ってしまった。

「手が後ろに回るようなことはやめて、まっとうな稼ぎをすべきだ」

国元の奉行所で同心頭を務めていた又十郎にすれば、たとえ小さな悪事とはいえ、黙っているわけにはいかなかった。

「おれら、まっとうに稼いでるぜ。よその連中なんか、相手を取り囲んで殴ったり蹴ったりして物を盗んでるけど、おれたちは、相手を傷つけることのねぇ真っ当なかっぱらいだと思うけどなぁ」

目端の利く徳次はそう言って、不思議そうに首を傾げた。

「お前たち、これまでの稼ぎ方を、すっぱりと忘れることだ。盗むということを頭から払いのけるんだ。十二、三になれば、子守や木っ端拾いなどで稼ぐ者もいる。職人の元で何かの修業を始めてもいいではないか。それが無理なら、せめて、何か、物を作ったり捕ったりして売るとかだな、つまり、商いの道を考えてみぬかと、そう言いたいのだ」

又十郎が、一気にまくし立てた。

だが、又十郎を見る少年たちの眼には、怪しむような疑わしげな影が宿っていた。

木挽町築地の南飯田河岸から、数本の釣り竿が江戸湾に向けて突き出ていた。

又十郎と、波除稲荷の少年たちが、岸壁に並んで釣り糸を垂らしていた。

先刻、焚火で焼いた魚を食べ終わると、又十郎は少年たちを引き連れて南本郷町《みなみほんごう》の釣り具屋へ行き、安い釣り竿を五本とゴカイを買い求めた。

少年たちに商いを勧めた又十郎としては、釣った魚を売る手立てを教えてやりたくなったのだ。

だが、日が大分《だいぶ》昇ってしまうと、魚が餌に食いつくかどうか、不安ではあった。

「釣れたぁ！」

釣り糸を垂らしてすぐ、徳次の竿にかわはぎが掛かると、少年たちの対抗心に火が点《つ》いた。

釣り上げるたびに少年たちから喚声が上がり、半刻ばかりの間に、又十郎と少年たちは十数匹の魚を釣っていた。

「わたしについて来てくれ」

釣りを切り上げた又十郎は、少年たちを率いて南小田原町へと向かった。

土地の漁師の女房や娘たちが立ち働く魚干し場に差し掛かると、少年たちは無口になり、顔も幾分強張らせた。

「お梶さん」

又十郎が、女たちに呼びかけた。

干した魚をひっくり返していた姉さん被りのお梶が、腰を伸ばして又十郎の方に顔を向けた。

「あぁ、あんたか」

近づいて来たお梶が、又十郎が引き連れていた少年たちを不思議そうに見た。

「お梶さん、実はこの子供たちが、これまでここで干魚を盗んでいたことを謝りたいと言うんだ」

又十郎の言葉に、少年たちがぎくりと体を強張らせた。

「おまえたちか！」

お梶が大声を上げると、少年たちが逃げ腰になった。又十郎が、両手を広げて少年たちを押し止《とど》めた。

「そのお詫びのしるしにと、釣った魚を持って来たんだが、受け取ってもらえないだろうか」

お梶にそう訴えると、又十郎は、

「みんな、魚籠の魚をおかみさんに見せるんだ」

少年たちに命じた。

まず、頭分《かしらぶん》の太吉が下げていた魚籠の蓋を取った。

「ほう。結構釣れてるじゃないか」

覗き込んだお梶がぼそりと呟いた。

「わたしの分も一緒に受け取ってくれないか」

そう口にして、又十郎も己の魚籠の中身をお梶に見せた。

「いいのかい」

又十郎に問いかけたお梶が、少年たちへと眼を向けた。

太吉が、こそっと頭を下げると、他の少年たちもそれに倣《なら》った。

「分かった。これまでのことはこの魚で勘弁してやるよ」

さっきまで目を吊《つ》り上げていたお梶が、日に焼けた顔を綻《ほころ》ばせた。

「お梶さんに聞きたいのだが、この連中が釣った魚を売りたいと言ったら、買ってくれるようなところはあるのだろうか」

そう尋ねた又十郎は、波除稲荷で暮らしている孤児《みなしご》だとも言い添えた。

お梶は、そうかもしれないと察してはいたと、小さく頷いて、

「うちの亭主や知り合いの漁師が、魚売りを知ってるから口を利いてくれるかもしれないし、干魚に出来るもんだったら、あたしらが買い上げてもいいよ」

そう、真顔で請け合ってくれた。

「ほんとうかい」

太吉が、身を乗り出すようにして大声を上げた。

「あぁ。稼ぎたいと思うなら、魚だけじゃなく、蜆《しじみ》や浅蜊も売り歩くといいよ」

お梶の言葉に、少年たちの眼が心なしか、輝いたように見えた。

四

西本願寺の西方の築地川に架かる万年橋を渡り終えた頃、九つを知らせる増上寺の時の鐘が聞こえた。

南小田原町でお梶や少年たちと別れた又十郎の顔は、知らず知らず緩んでいた。

少年たちのために良いことをしたなどと自惚《うぬぼ》れたわけではない。

思いもかけないお梶の太っ腹で、少年たちの暮らし向きにひとつの拠《よ》り所が出来たことが、又十郎は嬉《うれ》しかった。

つい頬を緩ませていた又十郎の顔が、采女《うねめ》ヶ原《はら》を過ぎた辺りでいきなり引き締まった。

小路の角から現れた団平《だんぺい》が、

「嶋尾様からの言付《ことづ》けがございます」

小声で言うと、小さく頷いた。

嶋尾久作のもとには、伊庭精吾が横目頭を務める一団が組織されていた。浜岡藩の江戸屋敷内を密かに監視し、規律を乱したり、藩政に異を唱えたりする家臣を見つけて嶋尾に知らせるのが主な務めであった。

変装しての尾行や潜入は当然のことながら、武闘の心得も並の使い手よりは優れていた。

団平は、伊庭精吾配下の横目の一人だった。

義弟、数馬を討った際にも、又十郎と行動をともにしていた。

「さるお旗本の三男に関わる女のことは、嶋尾様からお聞きと伺いましたが」

並んで三原橋《みはらばし》に向かいながら、団平が口を開いた。

「聞いている」

又十郎の口から、くぐもった声が出た。

旗本家の三男の名を声高に喚《わめ》き、挙句には門前ですっ裸になった女の一件である。

「だがわたしは、受けるともなんとも返事をしていないが」

又十郎は、つい抗ってみせた。

女の始末を依頼された時も、口にこそしなかったが、又十郎は渋った。

「そんな事情は、わたしには関わりありません。伊庭様に命じられたことをお伝えするのが務めです」

団平の物言いには確固たるものがあった。目鼻立ちのいい優男《やさおとこ》だが、やわな印象は顔形だけで、相手の言に動ずる風はまったくない。

嶋尾にしても、又十郎の意思など歯牙《しが》にも掛けることはないのだ。

拒絶したり背いたりすれば国元の縁者たちに累が及ぶと、再三にわたって脅されていた又十郎は、もはや嶋尾の操り人形だった。

「それで」

三原橋の真ん中で足を止めると、団平を欄干の方へ誘った。

「女の居所と名が分かりましたので、お伝えします」

欄干に凭《もた》れた又十郎の横に団平が並んだ。

「芝、湊町《みなとちょう》、金杉橋《かなすぎばし》近くの岡場所に『朝日楼《あさひろう》』というのがあります。女は、お初《はつ》というそこの女郎です」

団平がそう告げた。

「そこまで分かっているなら、横目の者たちでなんとでも出来るのではないか」

又十郎の皮肉にも団平は顔色一つ変えず、懐から紙に包んだものを取り出した。

「妓楼《ぎろう》に揚がる時の掛かりにお使いください」

差し出された包みを、又十郎は受け取った。

「始末の手立ては、香坂様にお任せするとのことでございました」

淡々と口にした団平は、又十郎からすっと離れて、尾張町《おわりちょう》の方へと足早に去った。

掌《てのひら》の紙包みを開くと、三両（約三十万円）があった。

喜平次が『源七店』に帰って来たのは、七つ半（五時頃）だった。

昼間、団平から嶋尾の伝言を聞いた又十郎は、神田八軒町の『源七店』に戻ってから一歩も外へ出なかった。

夕刻には近くの湯屋で塩気を含んだ汗を流し、日が落ちる前には夕餉を済ませていた。

夕餉の後、家で茶を飲んでいると、向かいの家からお由が出てくる気配がした。

昼間は針売りのお由は、夜は和泉橋近くの居酒屋『善き屋《よきや》』でお運び女として働いている。ということは、刻限はもう六つ半（七時頃）というところだろう。

さらに、喜平次が帰ってきた気配に気付いたのは、井戸端で水音がしたからだった。

バシャッ、バシャッと、井戸水を体に掛ける音の合間に、おぅ、と気合の籠った声もした。

又十郎が暗くなった井戸端に出ていくと、案の定、喜平次が締め込みひとつになって肩から水を掛けていた。

「今かね」

又十郎が声をかけると、

「川を上ったり下ったりで汗みずくだ。この時期は、仕事仕舞いの後の水浴びが楽しみでさぁ」

喜平次はそう言うと、釣瓶《つるべ》を井戸に落とした。

「喜平次に聞きたいことがあって、帰りを待っていたんだ」

又十郎がそう口にすると、

「そりゃいいが、夕餉抜きで船を漕《こ》いだから、腹が減ってるんだ」

「わたしがどこかで奢《おご》るよ」

又十郎が請け合うと、喜平次は快く応じた。

又十郎の懐には、嶋尾から出た三両があった。


居酒屋『善き屋』は、入り口の戸も奥の戸も開け放たれて、神田川の川風が店の土間を通り抜けていた。

『善き屋』の土間の左側に細長い八畳ほどの板張りがあるのだが、右側には畳一畳ほどの広さの矩形《くけい》の板張りが、まるで小島のようにポツンポツンと三つ、戸口と板場の間に並んでいた。

小島は、大人二人が差し向かいで座るにはちょうど良い広さだった。

又十郎は、前後左右に客の座る八畳の板張りを避けて、戸口近くの小島で喜平次と顔を突き合わせていた。

「なんですって」

喜平次が、酒を注ぐ手を止めた。

「だから、岡場所への揚がり方を教えてもらいたいのだ」

喜平次の盃《さかづき》に注いでやりながら、又十郎が声を潜めた。

国元で遊郭に足を踏み入れたことは何度かあるが、江戸では初めてのことだった。

「江戸のしきたりなどあれば、知っておきたいのだ」

「なるほど」

そう口にした喜平次が、くいと盃を空けた。

お運びのお由は、一度、酒と料理を運んで来ただけで、二人の方に近づくことはなかった。

顔を突き合わせた又十郎と喜平次の様子から、深刻な話をしているのだと、気を遣っているのかもしれない。

「岡場所はどこも、吉原ほど面倒じゃねぇよ」

「さようか」

又十郎が、小さく頷いた。

「妓楼に入って、ひとつ頼む、そういえば向こうは心得てるから、いいように段取りしてくれるさ。で、場所はどこだい」

「芝の方だ」

「ふうん。で、目当ての女でもいるんで？」

「いる」

又十郎は、思わずそう返答した。

「おっ」

喜平次が、前かがみになっていた上体を伸ばした。そしてすぐに、

「いいねぇ。ほら、香坂さんも段々砕けてきたじゃありませんか」

と、満面の笑みを浮かべた。

「いやいや、これにはちと事情があって」

慌てて、又十郎は片手を左右に打ち振った。

「あ。そりゃそうだよな。江戸に来て初めて揚がるっていうのに、馴染《なじ》みが居るなんてなぁ、いくらなんでも手回しが良すぎると思ったんだ」

喜平次が、自分の額をぽんと叩いた。

『善き屋』に半刻ばかりいて喜平次から教わったことは、岡場所に行くのに肩ひじを張ることなどないという、その一点だった。

昼を過ぎた途端、神田界隈の風がぱたりと止んだ。

国元の浜岡でも、年に一度か二度は経験する海の凪《なぎ》によく似ていた。

風がない分、海面は鏡のようになるが、熱気と湿気が体中にまとわりつくのが難儀だった。

佐久間町《さくまちょう》二丁目の居酒屋『善き屋』で喜平次に相談を持ち掛けた翌日である。

西の空に日が落ちてすぐ、『源七店』を後にした又十郎は、御成街道の方へ足を向けた。

広小路へ出て筋違橋《すじかいばし》に向かった又十郎は、橋の北詰に差し掛かると、神田川の一つ上流に架かる昌平橋《しょうへいばし》へと道を変えた。

暗くなりかかった昌平橋北詰の袂に、夜鳴き蕎麦屋の屋台があった。

掛け行灯《あんどん》に火を入れる前で、屋台周辺は薄暗かったが、店を開ける支度をしている友三の姿はすぐに分かった。

「蕎麦はまだのようだね」

又十郎が声を掛けると、

「お出かけですか」

屋台の向こう側にいた友三が顔を上げた。

「行った先で食べられるかどうか知れんので、開いていればと思って寄ってみたのだ」

芝、湊町に行く途中だった又十郎は、そう口にした。

「蕎麦はまだ出せませんが、酒ならすぐ」

「じゃぁ、酒を貰おう」

そう注文すると、又十郎は近くの石を腰掛にした。

友三がすぐに、屋台の縁にぐい飲みを置いて、小さな片口《かたくち》に入った酒を注いだ。

手を伸ばしてぐい飲みを持つと、又十郎は二口で飲み干した。

「いただくよ」

「なにやら、鬼退治にでも行くような顔つきですな」

そう言って、友三が小さく笑いかけた。

「似たような心境だよ」

そう返事をしたが、友三はそれ以上詮索しようとはしなかった。

又十郎が目付の嶋尾久作に命じられたのは、さる旗本家の禍となる女を始末することだった。

お初というその女は、芝、湊町の妓楼『朝日楼』の女郎である。

この夜、『朝日楼』に揚がって斬り殺すつもりはない。

楼内で刃傷《にんじょう》沙汰《ざた》を起こせば後々厄介なことになるのは明白だ。

ともかく、お初という女と会ってから後の算段をするつもりだった。

「いくらかな」

片口の酒を飲み干した又十郎が腰を上げた。

「二十文（約五百円）になります」

友三が口にした額を手渡して、又十郎は昌平橋を南に向かって渡り始めた。


芝の湊町は、増上寺の大門前を通り越した先の、金杉橋の北詰を左に曲がった一帯だった。

増上寺門前と東海道に近い湊町近辺は、日が落ちてからも往来には活気があった。

芝周辺には、幾つもの岡場所が点在していると喜平次から聞いていたが、人の多く集まる増上寺が近いということなら、それも頷ける。

『朝日楼』と染められた暖簾《のれん》を分けて楼内に入った又十郎は、お初を相手にしたいと名指しをした。

「ほんとに、お初でよろしいので？」

応対に出た遣り手婆《やりてばば》が、又十郎に念を押した。

又十郎が戸惑っていると、

「何なら、他にもっと気立てのいい妓《こ》がおりますから、そちらにしましょうか」

遣り手がそう勧めた。

「いや。是非、お初を頼みたい」

又十郎の相手は、お初でなければならなかった。


窓の敷居に腰掛けた又十郎が、金杉川の対岸を眺めていた。

海からの風はなく、二階の部屋は蒸していた。

対岸でぽつぽつと明かりが灯《とも》っているのは、芝、金杉裏一丁目の家並である。

金杉裏一丁目に続いて海側に見える黒々とした屋敷は、会津《あいづ》藩、松平《まつだいら》肥後守《ひごのかみ》家の広大な下屋敷だった。

ガラリと乱暴に廊下の戸が開いて、徳利と盃を載せたお盆を片手に持った女が、警戒したような眼を又十郎に向けた。

女はすぐに、着物の裾を引きずって部屋に入ると、又十郎の近くで横座りをした。

「どうしてわたしを名指ししたか、聞きたいもんだね」

女の声音には、愛想などみじんもなかった。

「あんたがお初さんか」

「あぁそうだよ」

面倒臭そうに言い放つと、片手を煽《あお》いで汗ばんだ顔に風を送った。

又十郎は敷居を下りて、お初と向かい合って胡坐をかいた。

仏頂面のお初は、年のころ二十四、五というところだった。

「あんたもどうせ、武家屋敷の門前で裸になった女を見に来た口だろう」

「あぁ、そうだ」

又十郎はありていに返答した。

「それが、そんなに面白いかねぇ」

お初は又十郎を睨みつけると、挑むように吐いた。

「うん、面白い」

そう口にして、又十郎は、お初に笑みを向けた。

「ふん」

戸惑ったように眼を逸《そ》らしたお初は、仕方なさそうに徳利を手にして、又十郎に突き出した。

又十郎が盃を差し出すと、お初は形ばかりの酌をした。

又十郎も形ばかり一口飲むと、

「あんたが門前で裸になった旗本家とはどんな経緯があったか、聞かせてもらうわけにはいかないかねぇ」

と、切り出した。

「いやなこった」

お初はけんもほろろに顔をそむけた。

又十郎が、畳にさりげなく一朱（約六千二百五十円）を置いた。

「それはなんだい」

一朱に眼を釘付けにしたまま、お初が呟いた。

「今夜の揚代とは別だよ」

そう口にした又十郎を、お初は疑わしげに見た。

「なんか、魂胆があるだろう。ひょっとしてあんた、岩城《いわき》家の回し者だねっ」

横座りをしていたお初が、怯えたように立ちかかった。

「その旗本は、岩城というのか」

「えっ、知らなかったのかい」

立ちかかったまま、お初が口にした。

「初耳だ」

そう答えた又十郎に、お初は戸惑いを覚えたようだった。

「あんた、何しに来たんだよ」

「さっきも言った通り、その、岩城という旗本家とはどんな関わりなのかを聞きたいだけだ」

又十郎は正直に答えた。

奉行所の同心頭として、刑人の首を刎ねる役目を負っていた時分、又十郎は、刑人の罪科とともに、本人の素性をも知った上で刑場に赴くことを信条としていた。

武家の都合で始末されようとしているお初は、又十郎にとって、いわば刑人である。お初の事情を知らずに斬り捨てることだけはしたくなかった。

「岩城漣三郎《れんざぶろう》が、同じ旗本の小倅たちとここに来たのは、一年半前だったよ」

お初が、ぽつぽつと語り始めた。

向かいに胡坐をかいた又十郎は、空になったお初の盃に酒を注いだ。

漣三郎の父は、岩城隼人正《はやとのしょう》という八百石取りの恵まれた旗本だった。

「二度ばかり仲間と来ていた漣三郎がさ、ある時から一人で、しかも、あたしを目当てに来るようになったんだよ。そうしたら、仲間と一緒の時には見せたことのない可《か》愛《わい》い顔をするんだよ。お武家の三男の悲哀を嘆いたり、あたしに甘えたり、そしたら、情が湧くだろう」

お初が、同意を求めるように又十郎を見た。

漣三郎が悲哀を口にした武家の三男は、養子の口がなければ、親兄弟からも冷や飯食いと言われて、生涯埋もれて生きなければならない。

もう一つは、気ままに使える金がほとんどないということだった。

哀れに思ったお初は、漣三郎が『朝日楼』に来るたびに揚代を立て替え、帰りには一朱、二朱と小遣いを与え、時には一分（約二万五千円）を渡すこともあったという。

「あたし、きょうだいなんかいなかったし、今まで人に頼られたこともなかったからさぁ、あいつに頼られるのが、ちょっと嬉しかったんだよ」

そう述懐したお初は俯《うつむ》くと、漣三郎は今年十九の若侍だと、かすれ声を出した。

ところが、この三、四か月ばかり、漣三郎の足が遠のいた。

「半月前、その訳が分かったんだ」

お初の顔に青筋が立った。

以前、漣三郎とともに『朝日楼』に来ていた、旗本、白井《しらい》家の次男、辰之助《たつのすけ》がもう一人の仲間と久しぶりに現れて、思い出話に花を咲かせたのだ。

その時、漣三郎とお初が深く馴染んでいたことを知らない辰之助の口から、思いもよらない話が出た。

漣三郎には、一年以上も通い詰めている水茶屋の女が両国にいるという。

「水茶屋の女の面倒をみている金は、どこかの岡場所の女に貢がせているんだと自慢していたよ」

辰之助の口から出た漣三郎の台詞《せりふ》、『岡場所の女』というのは自分のことだと、お初は感づいた。

辰之助によれば、近々、さる旗本家の養子に入ることに決まった漣三郎はいい気になっているらしい。

「あたしはなにも、女房にしてくれるだなんて思っちゃいませんよ。だけどさ、親切心で渡したあたしの金が他の女に流れてたなんて、悔しいじゃないか。ちょこちょことあいつに渡してたお金も、溜まりに溜まって五両（約五十万円）にはなってるはずだ。なにも、貸した金じゃないけれど、こうなったら取り返さなきゃ気が済まなくなって、それでお屋敷に押しかけたんだよ」

話し終わって、お初は大きく息を吐いた。

「なるほど。それじゃ、岩城家も困るわけだ」

又十郎が呟くと、

「困るって、どうして知ってるのさ」

お初が聞き咎めた。

「わたしは、おまえを亡き者にしてくれと頼まれて来たんだよ」

又十郎の言葉に、眼を丸くしたお初が息を飲んだ。

「明日の晩、おまえを外に連れ出して、斬ることにする」

静かに語り掛けた又十郎は、微笑《ほほえ》みを浮かべた。


本郷の玉蓮院の離れの庭に木洩《こも》れ日《び》が射していた。

障子の開け放たれた部屋で嶋尾久作と向かい合った又十郎は、持参した風呂敷包みの結びを解いた。

又十郎が初めて『朝日楼』に揚がった、翌々日の午前である。

嶋尾の前で風呂敷を広げた又十郎は、血染めの着物を見せた。

白い着物の背中には、肩口から袈裟《けさ》懸《が》けに裂かれた切り口があった。

「女を斬って着物を剝ぎ取り、会津、松平様には申し訳ないとは思いましたが、下屋敷脇の網干し場から、海に蹴落としました。今頃は恐らく、女の骸《むくろ》は沖合で漂っているものと」

又十郎は、淡々と口にした。

嶋尾はじっと、血染めの着物に眼を落としていた。

「気乗りのしなかった女殺しを、思いのほか、すんなりと片付けたものだ」

そう口にして、嶋尾が又十郎に眼を向けた。

「恐れ入ります」

曖昧な受け答えをして、又十郎は頭を下げた。そして、その姿勢のまま、五両を無心した。

「揚代に掛かる金子は渡したと思うが」

その声に又十郎が顔を上げると、嶋尾の眉間に微《かす》かに縦皺《たてじわ》が刻まれていた。

「女から、年老いた母親がいると聞いておりました。役目とは言え、一人残された母親のことを思うと、いささか気に掛かります。せめて線香代を渡せないものかと存じまして」

又十郎が言い終わると同時に、両膝を叩いて嶋尾が立ち上がった。

「後日、『東華堂』から届けさせる」

そう口にして離れを出かかった嶋尾が、

「女の着物はそこへ置いて行け」

背中を向けたまま言い放つと、渡り廊下を渡って庫裏《くり》へと消えた。

笠を付けた又十郎が、駿河台《するがだい》の富士見坂《ふじみざか》の途中に立っていた。

坂の両側には大名屋敷があった。

又十郎は屋敷内から塀越しに葉を繁らせた松や銀杏《いちょう》が作る日陰の下に佇《たたず》んで、坂の下に眼を向けていた。

玉蓮院で嶋尾久作と会った翌々日である。

あと四半刻ほどで九つ（正午頃）になる頃合いだった。

又十郎が『源七店』を出たのは、四つ半（十一時頃）だった。

長屋の木戸を潜ろうとした時、蠟燭屋『東華堂』の手代、和助が表通りの方から現れた。

「お出かけですか」

「野暮用でね」

又十郎は、和助に曖昧な返事をした。

「香坂様に届けるようにと、嶋尾様から言いつかりまして」

和助が、紙に包んだものを懐から取り出して、

「五両です」

と、小声を出した。

又十郎が受け取ると、「それではわたしは」と一礼して、和助は表通りへと足を向けた。

又十郎は、五両を受け取ってすぐ、駿河台を目指した。

着いてまだ寸刻しか経っていないが、辺り一帯は武家地ということもあり、人が富

士見坂を上り下りする姿を眼にすることはなかった。

又十郎が、笠の下から坂下に眼を向けた。

坂下に立った若い侍が、手拭いで首の汗を拭きながら、ゆっくりと坂を上り始めた。

ゆっくり上って来る若い侍は、白井辰之助に間違いなかった。

岩城漣三郎とつるんで『朝日楼』に揚がっていたという、旗本の次男坊である。

又十郎がお初から聞いていたのは、白井辰之助の家は富士見坂上の一角にあるということと、二日に一度、神田三河町《みかわちょう》の剣術の道場に通っているということだった。

一昨日、又十郎は一刀流を教えている三河町の道場に行って、辰之助の面体《めんてい》を確認していた。

道場で働く下男と思しき初老の男に、白井辰之助が居るかと尋ねると、

「木刀掛けの近くで素振りしている、紺の道着のお方です」

武者窓から道場の中を指さして、教えてくれたのだった。

意を決したように又十郎は一歩踏み出した。

「白井辰之助様ではありませんか」

富士見坂を下る又十郎が、すれ違った辰之助に声を掛けた。

訝るように足を止めた辰之助に、又十郎は笠をとって顔を晒《さら》した。

「たしか、岩城様のご三男、漣三郎様のご友人とお見受けしましたが」

「岩城家でお眼に掛かりましたでしょうか」

気を許したのか、辰之助が顔を和らげた。

「このところ、岩城様をお訪ねする折がなく、漣三郎様の様子も知れませんが、如何《いかが》お過ごしでしょうな」

「いやぁ、漣三郎はこのところ至って晴れやかにしていますよ」

笑顔の辰之助が、話を続けた。

漣三郎はひと頃、屋敷に押しかけては大声を上げる女に困り果てていた。ところが、昨日、辰之助の屋敷に現れた漣三郎は上機嫌だった。女が屋敷に現れる気遣いは無くなったと口にして、からからと笑い声を上げた。

「これでおれは憂いもなにもなく、矢島《やじま》家の養子になれるぞ」

そう口にした漣三郎が、大川で納涼の船遊びをしようと持ち掛けたという。

「いやいや、それを伺《うかが》って安堵《あんど》しました。それでは」

辰之助に足を留めさせた詫びを口にすると、又十郎は富士見坂を下り切った。

屋根船が灯すいくつもの明かりが大川の川面《かわも》に映って、ゆらゆらと揺れていた。

例年、春先には花見の船が出て、夏は納涼の船が川面を埋めるほどになるという。

喜平次の漕ぐ猪牙船《ちょきぶね》に乗っていた又十郎が視線を巡らせると、幾艘《いくそう》もの屋根船が眼に入った。

芸者を乗せて音曲を響かせる屋根船もあれば、酒と弁当を楽しむ商家の家族の姿もあった。

半月ほど先の五月二十八日になれば、大川の川開きで花火が打ち上げられ、両国界隈は怪我人《けがにん》が出るほど混み合うと聞いている。

柳橋から乗り出した喜平次の漕ぐ猪牙船は、ゆっくりと両国橋をくぐり、下流へと進んだ。

薄暗がりの向こうに永代橋《えいたいばし》の影が見えてきた。

「香坂さん、そろそろ高尾《たかお》稲荷の辺りですぜ」

喜平次が、永代橋に差し掛かった辺りで櫓《ろ》を漕ぐ手を少し緩めた。

永代橋の周辺にも幾艘もの納涼の船が停泊していた。

「香坂さん」

声を掛けた喜平次が、一艘の屋根船を指さした。

又十郎が眼を留めた屋根船に下げられた掛け行灯に『船宿　金熊《きんくま》』の文字があった。

「漣三郎さんは、十三日に船を仕立てると言ってました」

四日前、富士見坂で対面した辰之助から、又十郎はそう聞いていた。

船宿『金熊』の船に乗り込むと聞いていた又十郎は、喜平次に頼んで探りを入れてもらった。

案の定、『金熊』の番頭や船頭とも昵懇《じっこん》だった喜平次は、岩城漣三郎が十三日に乗り込む納涼船の動向を知った。

漣三郎らを乗せた納涼船は、夕刻、鉄砲洲、本湊町の船宿『金熊』を出ると、佃島、石川島をぐるりと回り、深川沖から大川に入って、永代橋傍《はた》の西岸にある高尾稲荷辺りに停泊して飲み食いをすることになっていた。

「喜平次、『金熊』の船にもう少し近づけてもらいたい」

「へい」

返事をした喜平次は、停泊している船の間を巧みにすり抜けて、『金熊』の屋根船から二間（約三・六メートル）ばかりのところを、ゆっくりと走らせた。

屋根船に、酒を酌み交わす若侍三人と、口を開けて笑い転げる若い女三人の嬌態があった。

若侍のうちの一人は、先日又十郎が声を掛けた白井辰之助だった。

顔は知らないが、座の中央に陣取って盃を呷《あお》る瓜実顔《うりざねがお》の侍が岩城漣三郎か。

「今の船だ」

辰之助らの乗る屋根船を通り過ぎたところで、又十郎が喜平次にそう告げた。

頷いた喜平次が、頬被りをした手拭いを顎の下できつく結ぶと、櫓を漕いで舳先《へさき》を

『金熊』の屋根船の方へと向けた。

「お初さん、いいかい」

声を掛けた又十郎が、こんもりと盛り上がっていた蓆《むしろ》を取ると、白い襦袢《じゅばん》を身に着けたお初が、横になっていた体をゆっくりと起こした。

お初の髪の一部はほつれて襦袢の肩に掛かり、背中から袖にかけて、まるで血を浴びたような赤色に染まっていた。

又十郎が『朝日楼』に初めて揚がってから、八日が経っていた。

その夜、又十郎は、お初の話を聞いて、殺す気を無くしてしまったのである。

岩城漣三郎の裏切りに怒るお初の心情の方に、寄り添ってしまった。

だが、嶋尾久作の命に背くことは出来ない。

嶋尾の名は伏せて、又十郎は己が負った役目をお初に打ち明けた。

そこで、お初殺しの算段をしたのだった。

又十郎の動きは、横目頭、伊庭精吾の配下どもが密かに窺っていると見なければならない。

翌日の夜、お初は示し合わせた通り、又十郎の待つ芝、金杉浜町《はまちょう》の網干し場に現れた。

公認非公認の別なく、女郎が勝手に妓楼を抜け出すことは出来なかった。

の海へと蹴り落とした。


「お初の命が狙われている」

又十郎は、昼間妓楼の主人に会い、その旨を打ち明けた。

「そんなことになるんじゃないかと思っていたんですよ」

門前で裸になったお初の不行儀を耳にしていた主人は、『朝日楼』にまでとばっちりが及ぶことを恐れた。

『朝日楼』とお初を助けるためにひと芝居打つ段取りを話すと、その夜お初が妓楼を抜け出すことを承知したのだった。

網干し場に現れたお初を見ると、又十郎はすぐさま刀を抜いた。

お初は逃げ惑い、岸壁へと駆けた。

追った又十郎は、お初の背後から、刀を袈裟懸けに振り下ろした。

「たぁっ」

又十郎の声を合図にお初は倒れた。

膝をついた又十郎は、倒れたお初の帯を解き、着物を剝がすと、襦袢一枚の体を夜の海へと蹴り落とした。

岸辺に膝をついた又十郎は、暗い海面に浮かぶお初の腕を摑んだ喜平次が、猪牙船に引き上げる様子を確かめた。

お初を助けるにはどうしても、喜平次の力が必要だった。

事情を話すと、

「面白そうだ」

と、喜平次は加勢を承知してくれた。

お初を乗せた喜平次の猪牙船が岸辺から沖合に向かうとすぐ、又十郎は急ぎその場を後にした。

その足で向かったのは、増上寺本堂の裏手にある蓮池《はすいけ》の中之島《なかのしま》だった。

弁財天の祠の床下に隠しておいた、お初の黄唐茶色《きがらちゃいろ》に黒の縦縞《たてじま》の着物を近くの松の枝に巻き付けて縛り、袈裟懸けに斬って裂け目を付けた。

翌日、玉蓮院で嶋尾久作に見せた着物は、前夜、魚の血をわずかに滲《にじ》ませて細工したものだった。

お初殺しを決行した夜、横目頭、伊庭精吾の配下どもの眼があったかどうかは、確認出来なかったが、疑義を示さなかったところを見ると、嶋尾久作は又十郎の報告を信じたものと思われた。

「そろそろだぜ」

ゆっくりと櫓を漕ぎながら、喜平次が小声を発した。

頷いたお初は、青白く化粧した顔を横向きにして横座りすると、血の付いた襦袢の袖を船の外に垂らして、船べりに右腕を載せた。

「じゃ、後はお初さんに任せるよ」

そう囁くと、又十郎は自ら苫を被って横になった。

この後、外で何が起きるか目の当たりにすることは出来ないが、音で様子は窺えるかもしれない。

「奴らの屋根船のすぐ傍《そば》だよ」

苫の下の又十郎に知らせる喜平次の囁く声がした。その声が、さらに続いた。

「女の一人がこっちを見て、びっくりした顔でお初さんを指さしました。侍たちになんか言ってる。幽霊だ幽霊だって言ってますね」

「きゃあっ！」

女の悲鳴が、又十郎の耳に届いた。

「おうおう、向こうの船は大騒ぎになりましたよ」

幾分笑いを含んだ喜平次の声がした。

「なんなんだ！」

うろたえたような若侍の声がしたが、辰之助ではなかった。

「お初、お前、何しに迷い出たんだ！」

悲鳴のような若侍の声は、もしかすると岩城漣三郎のものかもしれない。

「そこの船頭、何してるんだ。向こうへ行け！」

「なんのことです。あたしの船にゃ、誰も乗っちゃいませんがねぇ」

侍に返事をする喜平次の、すっとぼけた声がした。

「お初、成仏《じょうぶつ》してくれぇ！　おれは、殺せと頼んだ覚えはないんだ。死んだと聞かされただけだ！　おれじゃない、おれのせいじゃない」

蓆を被った又十郎にも、漣三郎の慌てふためく姿が眼に浮かんでいた。

「漣三郎さん、やめろ！」

切迫した辰之助の声がした。

「刀を抜いた野郎が、こっちに乗り込もうと船べりに足を掛けやがった」

喜平次の声が緊迫していた。

と、すぐに、

「あぁあぁあぁ」

若い侍たちの声が響くとすぐ、水の音がした。

「香坂さん、漣三郎と、止めようとした小倅二人も、川に落ちました」

笑いをこらえた喜平次の、囁く声がした。

「これくらいでいいかね」

又十郎が問いかけると、

「充分です」

お初の弾んだ声がした。

日が西に沈みかかっても、『源七店』は結構明るかった。

早めに夕餉の支度を終えた又十郎は、友三の女房、おていと、大家の茂吉、隣家の富五郎の女房、おはまに膾《なます》のおすそ分けをした。

友三はつい先刻、夜鳴き蕎麦の屋台を担いで『源七店』を出たが、お由と喜平次はまだ帰ってきてはいなかった。

又十郎はこの日の昼過ぎ、玉蓮院に行った。

「八つ（二時頃）に、玉蓮院に来てもらいたい」

『源七店』を訪ねてきた東華堂の和助が、嶋尾久作の言伝《ことづて》を又十郎に告げたのだ。

嶋尾の用件は、岩城漣三郎のことであった。

漣三郎が『金熊』の屋根船から大川に落ちた夜から、五日が経っていた。

嶋尾によれば、大川に落ちて以来、漣三郎は正気を失っているらしい。

夜になると、物《もの》の怪《け》の影に怯えるのだという。

「屋敷の者の話によれば、殊《こと》に、白い着物を見ると狂乱するようだ」

そう口にした嶋尾は、

「もしかすると、養子の件は破談となるやも知れぬ。それにしても、面妖《めんよう》な話だよ」

と、又十郎の心中を射抜くような眼で睨《ね》め付けた。

四半刻ほど居ただけで玉蓮院を後にした又十郎は、夕餉の買い物をしながら神田八軒町に戻ったのだった。

「お、早いね」

路地から喜平次が顔を突き入れた時、又十郎は夕餉を摂り終えたばかりだった。

「いま帰りか」

「今日は案外暇でね」

そう口にしながら土間に入り込むと、喜平次が框に腰を掛けた。

「あ、そうそう。お初さんを、昨夜、浅草に連れて行ったよ」

喜平次が少し改まった。

又十郎は、嶋尾から騙《かた》り取った五両のうち四両を、お初の借金返済金として、三日前に『朝日楼』の楼主に手渡してあった。楼主は、お初を訪ねて来る者があれば、行《ゆく》方《え》知れずになったと返事をすることを請け合ってくれた。

お初は無事『朝日楼』を辞められたのだが、その後の働き口を喜平次に頼んでいた。

水茶屋の主人に知り合いがいるという喜平次は、お初を連れて浅草、奥山《おくやま》へ行ったのだ。

「何もかも喜平次に頼ってしまって、済まなかった」

「いやぁ、いろいろと面白かった上に、一両もいただいちまって」

喜平次が手を左右に打ち振った。

喜平次に渡した猪牙船代一両は、お初の返済分を差し引いた残りである。

「お初さんはお香《こう》と名を変えて、今日から茶汲《ちゃく》み女《おんな》だよ」

喜平次がそう口にすると、

「なんならこれから、一杯引っかけがてら、お初さんの仕事ぶりを覗きに行かねぇかい」

「いや。それはやめておこう」

又十郎はやんわりと断った。

妙に動いて、嶋尾久作の配下の眼に留まるのだけは避けなければならない。

「あとで、『善き屋』にでも行こうか」

又十郎が誘《さそ》うと、おうと返事をした喜平次が腰を上げた。

その時、時の鐘の鳴る音が届いた。

六つ（六時頃）を知らせる長閑《のどか》な音だった。

第二話　妄執の夏

一

家並の上に昇った日が、容赦なく照り付けていた。

顔の右半分が、日に焼かれて痛い。

鉄砲洲《てっぽうず》築地《つきじ》の明石《あかし》河岸で、汗を拭こうと、ほんの少しの間足元に置いた菅笠《すげがさ》が、風に飛ばされて海に落ちたのが、返す返すも悔やまれる。

「ふう」

香坂又十郎《こうさかまたじゆうろう》は思わず息を吐くと、釣り竿を担いだ体を後ろへと捻《ね》じった。すぐ後ろを、太吉《たきち》と、魚籠《びく》を下げた捨松《すてまつ》が、辺りにきょろきょろ眼《め》を向けながら、付いて来ていた。

「この辺りは、初めてか」

「いや。この前まで、大根《だいこん》河岸や魚河岸に来て、青物や魚を拾ってたから」

と、返答したのは、今年十二になる捨松だった。

「けど、おれたちが通るのはいつも裏通りだったよ」

そう口にした十五の太吉が、表通りに軒を並べている大店の店構えに眼を瞠《みは》っていた。

又十郎は、木挽町《こびきちようつきじ》築地の波除稲荷《なみよけいなり》を塒《ねぐら》にしている孤児《みなしご》五人と、日の出前から釣りをした帰りである。

日が昇ってしばらくの間は食いついていた魚の当たりが、ぱたりと止まったのを潮に、引き揚げることにした。

「香坂さん、おれに魚の捌《さば》き方、教えてくんねぇか」

釣り場を離れようという時、頭分《かしらぶん》である太吉がそう切り出した。

「一人でも包丁が使えるようになれば、ほかにいろんなもん拵《こしら》えられるようになって、みんな喜ぶんじゃねぇかと思うんだ」

「おいらも教わりてぇ」

捨松も太吉に同調した。

又十郎は、二人の思いを聞き入れて、神田八軒町《かんだはちけんちょう》の『源七店《げんしちだな》』へと向かっていた。

太吉と捨松以外の三人は、木挽町築地、南小田原町《みなみおだわらちょう》の漁師の女房、お梶《かじ》が口を利いてくれた魚屋に、今朝の釣果《ちょうか》を売りに行くことになった。

太吉と捨松に教えるのに使う分だけ魚籠に残して、又十郎は、己《おのれ》の釣果も子供たちの売り分に加えてやった。

太吉と捨松の先に立った又十郎は、鍋町《なべちょう》の先の四つ辻《つじ》を右へ曲がった。

神田川に架かる和泉橋《いずみばし》を渡って、神田八軒町の『源七店』に行くつもりだった。

間もなく五つ（八時頃）になろうという町は、人の往来だけでなく、馬や荷車も行き交って騒然としていた。

五月になってからというもの、町は一段と気ぜわしくなった気がする。

『源七店』の住人、飛脚の富五郎《とみごろう》に言わせると、

「江戸の五月は、いろいろと催し物が目白押しだからねぇ」

と、いうことだ。

五月五日の端午の節句の頃は、菖蒲《しょうぶ》や蓬《よもぎ》売りが道端に小店を並べていたし、鍾馗《しょうき》様を染め抜いた魔除《まよ》けの幟《のぼり》売り、人形売りが威勢のいい声を張り上げていた。

月半ばに始まった、両国《りょうごく》、回向院《えこういん》の大相撲は、雨に祟《たた》られて何日か順延したとも聞いた。

梅雨時は晴天十日と言われるだけあって、野外興行の大相撲に雨天順延は付き物で、千秋楽が六月にずれ込むことも珍しくはないと、『源七店』の大家、茂吉《もきち》がぼやいていた。

「香坂さん、二十八日は、江戸に不慣れな人は両国界隈《かいわい》には近づかない方がいいよ」

二日前の早朝、井戸端にやって来た船頭の喜平次《きへいじ》からそう囁《ささや》かれた。

二十八日は大川《おおかわ》の川開きで、殊に花火の打ち上がる夜、両国橋もその周辺も人で埋まるという。

神田の小路を幾つか曲がって、神田川南岸の柳原《やなぎわら》通りに出たところで、

「お、跳ねてやがる」

捨松が、手にしていた魚籠を眼の高さに持ち上げた。

外からは見えないが、魚籠の中には、鯵《あじ》が二尾と、石鯛《いしだい》、鱚《きす》、黒鯛を一尾ずつ入れてあった。

神田八軒町の『源七店』はしんと静まり返っていた。

飛脚の富五郎と娘のおきよ、針売りのお由や喜平次はとっくに仕事に出たと思われ

る。残っているのは、恐らく大家の茂吉と、夜鳴き蕎麦《そば》屋の友三《ともぞう》夫婦、それに富五郎の女房おはまだろう。

太吉と捨松を引き連れて『源七店』に着いた又十郎は、水桶《みずおけ》や包丁、俎板《まないた》、笊《ざる》や小鉢を家から持ち出して井戸端に置いた。

太吉に命じて、井戸の水を桶に汲《く》ませ、捨松には、魚籠の中の魚を笊に移させた。

刺身にするにしろ、焼いたり煮たりするにしろ、ぬめりを取った後は鱗《うろこ》を剝がさなければならない。

「包丁の刃の使い方を見ておけよ」

しゃがみ込んだ又十郎は、石鯛を俎板に載せて鱗を剝がし始めた。

鰺は尾びれ近くのぜいごを切り取れば済むが、石鯛、黒鯛、鱚は丁寧な鱗剝がしが肝心だった。

「太吉、やるか」

又十郎は、石鯛の半身の鱗を取ったところで声を掛けた。

「うん」

眼を輝かせて、太吉が頷《うなず》いた。

又十郎は、石鯛をひっくり返すと、俎板の前を太吉に譲った。

魚の頭を左手で押さえた太吉は、包丁の刃を尾から頭の方に動かした。

ガシガシと、鱗の剝がれる音がした。

始めはぎこちなかった太吉の手つきが、徐々に慣れてきた。

「ほほう。見事な手つきだねぇ」

いつの間にか現れた茂吉が、又十郎の横に立って、太吉の鱗取りに見入った。

「何ごとですか」

話し声が届いたのか、おはままで井戸端に立った。

又十郎は、太吉たちと築地で知り合ったことを話し、今日は魚の捌きかたと料理法を教えることになったのだと打ち明けた。

「この魚で、何が出来るんですか」

茂吉が、笊に置いてある魚に眼を落とした。

「いま、鱗を取っている石鯛は、刺身も旨《うま》いが、ぶつ切りにして味噌汁《みそしる》にする手もあります。鯵は刺身か水膾《みずなます》ですかな。で、その黒鯛は、三枚に下ろして、塩焼きにしたり、刺身にしたり。黒鯛の刺身には酢味噌が合います」

「鱚は刺身だね」

おはまが口を挟むと、

「いやおはまさん、鱚は塩焼きだろう」

茂吉まで割り込んできた。

「お二人の食べ方もいいのですが、鱚は開きにして半日天日に干して焼くと、身がふっくらとして旨みが増します」

又十郎の説明に、茂吉とおはまが小さく唸《うな》り声を発した。

捨松も加わって鱗取りが終わると、又十郎が手本を示した後は、三枚に下ろすのもぶつ切りにするのも太吉たちに任せた。

太吉には、石鯛と鯵の刺身を切らせた。

魚を捌き終えると、調理の場は又十郎の家に移った。

又十郎は、土間の竈《かまど》と路地の七輪《しちりん》の火《ひ》熾《おこ》しを太吉と捨松に任せた。

いつも自炊をしている太吉たちは、慣れたものだった。

二人が火熾しをしている間に、又十郎は、開いた鱚を路地に干した。

「さっきから、賑《にぎ》やかな声がしてると思ったら」

はす向かいの家から出てきた友三が、七輪で火を熾している捨松に笑顔を向けた。

「火が熾《お》きたぜ」

又十郎の家の中から、太吉が顔を出した。

「あ、中にも居たのか」

そう呟《つぶや》いた友三に、太吉が小さく頭を下げた。

「友三さん、今日は魚を買わないでください。支度が出来たら届けますから」

又十郎が口にすると、友三が目尻を下げた。

支度が全て終わったのは、四つ半（十一時頃）という頃合いだった。

刺身は当然のこと、出来上がった石鯛の味噌汁と塩焼き、鱚の開き、鯵の水膾はすべて、『源七店』の住人に配った。

又十郎の家で刺身や石鯛の味噌汁を口にした太吉と捨松の顔から、笑みが零《こぼ》れた。

自分の手で捌いた魚を口に出来る喜びを味わっていたようだ。

「香坂さん、またいつか、教えてくれるかい」

箸を止めた太吉が、上目遣いで又十郎を見た。

「あぁ。だが、魚が釣れた日じゃないと教えられんがな」

「香坂さんが釣れなくても、俺らが釣るさ」

胸を張った捨松が、にやりと笑った。


夜が明けて間のない『源七店』の井戸端は、結構涼やかだった。

又十郎が、顔を手拭いで拭いていると、

「お早いことで」

お由の声がした。

「おはようござる」

挨拶を口にすると、又十郎は釣瓶《つるべ》を譲った。

「昨夜はお店に出ましたから、頂いた干物は、朝餉《あさげ》のときに食べさせてもらいますよ」

そう言いながら、お由は引き揚げた釣瓶の水を桶に注いだ。

昨日捌いた魚のうち、お由には鱚の開き、喜平次には石鯛の塩焼きをやった。

昼間、留守をしているところに、夏場の生ものは禁物だった。

「後学のためにお聞きしますが、どういう所で針を売り歩くのですか」

又十郎が、前から気になっていたことを口にした。

「針なんてものは、町の小間物屋にもあるし、担ぎの小間物屋も売り歩きますから、わたしは、その隙間を狙うんですよ」

「隙間、ですか」

「通りを歩くだけじゃなく、長屋の路地にまで入り込んで、針は如何《いかが》ですかって、声を掛けるんです。それに、武家地は、近くに小間物屋なんてありませんから、丁度よいところに来たというので、結構重宝がられましてね」

そう言うと、お由は桶の水を掬《すく》って口に含み、軽くゆすぐと、又十郎に背中を向けて吐き出した。

「よっ、朝の井戸端に男と女が寄り添って、なんだか色っぽいね」

手拭いを肩に掛けた寝巻姿の喜平次が、井戸にやってきた。

「香坂さん、昨夜は遅かったんで口にしてませんが、塩焼きはこれから火にかけて朝のおかずにしますよ」

喜平次が、又十郎を拝むように片手を上げた。

「喜平次さん、どうして香坂さんがくれたもんだと分かったんだい」

「皿の下に書付が置いてあった」

そう言うと、喜平次が井戸に釣瓶を落とした。

「ここんとこ、船頭は書き入れ時のようだね」

顔を拭きながら、お由が喜平次にたたみ掛けた。

「まぁ、例年、夏はこんなものさ。お寺参りに夕涼み、吉原《よしわら》送りや夜の船遊びだ。亀戸《かめいど》天神なんぞは、境内の傍《そば》まで船で行けるから評判がいいんだよ」

顔を洗うのもそっちのけで、喜平次が喋《しゃべ》り出した。

川は、砂が溜《た》まって浅瀬が出来ていたりするので、夜の船遊びは危険が伴うという。

「そのあたり、おれは水路を知り尽くしているからよ」

「引く手あまただって言いたいんだろ」

お由が茶々を入れた。

「ともかく、船と船がぶつかって喧嘩《けんか》にもなるから、度胸と腕っぷしが備わってなきゃ客が離れるという、際どい稼業だと言いたいんだよ」

「ははは、自慢話は聞き飽きた。それじゃお先に」

手拭いを手でくるくる回しながら、お由は井戸端を離れた。

「さてと」

独り言を吐いて、又十郎が去りかけると、

「香坂さん、今日は何をしてお出《い》でで？」

顔を洗った喜平次から声が掛かった。

「久しぶりに髪を当たってもらって、目黒《めぐろ》に足を延ばそうかと」

「いいねぇ、目黒。おれもついて行こうかな」

喜平次が眼を輝かせた。

「仕事があるんじゃないのか」

「川開きを前に、傷んだ船の修繕をするっていうんで、今日は一日暇なんだよ」

「だが、その前に、髪をその」

喜平次の同行を断りたかった又十郎は、思わず口ごもってしまった。

「待ってるよ。髪結床《かみゆいどこ》はどこだい？」

「なにぶん江戸で髪を当たるのは初めてのことで」

「お、そうか。この辺だったら、中通りの『床秀《とこひで》』がいいよ」

そう口にした喜平次は、職人の腕がよく、懇意にしていると推した。

そして、又十郎の髪結が済む頃、『床秀』に顔を出すと付け加えた。

「分かった」

又十郎は、知らず知らず喜平次の調子に合わせてしまっていた。


朝餉を済ませた又十郎は、向かいの家の喜平次に声を掛けて、『源七店』を後にした。喜平次が口にした中通りとは、筋違橋《すじかいばし》北の広小路《ひろこうじ》から神田仲町《なかちょう》を突っ切って神田川の方に抜ける通りの名だった。

神田八軒町の『源七店』からは眼と鼻の先である。

昨日買い求めた菅笠を被《かぶ》るほどのことはなかった。

「『源七店』の喜平次に聞いて来たのだが」

『床秀』に足を踏み入れた又十郎が告げると、

「お、喜平次さんの」

髪結の道具の手入れをしていた、年のころ四十くらいの苦み走った男が小さく会釈をして、腰掛けるよう手で促した。

又十郎は、土間の框《かまち》に腰掛けた。

本来、脱藩者となった又十郎は髪結床にも入れない無宿《むしゅくにん》人である。

「でもご安心ください。香坂様は『東華堂』の客分ですから、障りはございません」

以前、蠟燭屋《ろうそくや》『東華堂《とうかどう》』の手代、和助《わすけ》が、そう請け合ってくれた。

江戸の髪結床は、不審者を見つけて役人に届ける役目を負っているのだと、和助から聞いていた。

客を外に向かって腰掛けさせるのは、表を通る無宿人や凶状持ちを、仕事をしながらでも見張りやすくするためだとも言っていた。

「月代《さかやき》を剃《そ》りますか」

又十郎の両肩に手拭いを置きながら、職人が問いかけた。

「いや。月代はそのままで、伸びた毛を切りそろえてもらいたい」

そう返事をした又十郎の口から、小さな吐息が洩《も》れた。

浪人となった今、月代は不要――そんな言葉をはっきりと投げかけられたわけではないが、目付の嶋尾《しまお》久作《きゅうさく》は、そのような意味合いのことを口にした。

「月代は、剃った方がいいように思いますがねぇ」

そう口にした職人が、又十郎の目の前に鏡を差し出した。

鏡の中に、月代の伸びた又十郎の頭があった。

髪を整えたのは、石見国《いわみのくに》、浜岡《はまおか》に居た、確か三月の初め頃だった。

それから二月以上が経《た》っていた。

伸びた月代の長さが、又十郎と国元を隔てている証《あかし》のようなものだった。

二

白金《しろかね》村の田圃道《たんぼみち》から、坂道を上った又十郎と喜平次は、東から西へと延びる往還に出た。

「これがね、白金大通りと言って、目黒不動のほうに通じてる道ですよ」

着物を尻端《しりは》折《しょ》りしていた喜平次が、指を西の方に向けた。

又十郎は、少し笠を持ち上げると、以前通ったことのある道を黙って見た。

二人が神田を後にしたのは、五つ（八時頃）だった。

『床秀』で髪を整えてもらった又十郎は、結局、月代は剃らず、仕上げに髭《ひげ》を剃り終えるころ喜平次が現れて、二人は目黒を目指した。

それから、およそ一刻《いっとき》（約二時間）ほどが経っていた。

「行こうか」

声に出して、又十郎が歩き出した。

「しかし、なんだって目黒に行く気になったんです？」

並んで歩く喜平次に尋ねられたが、特段、詮索するような口ぶりではない。

「江戸のあちこちを知って損はあるまいと思ったまでだよ」

又十郎は当たり障りのない返事をした。

「さすが香坂さん、目黒とはいいところに眼を付けたよ」

「というと」

「浅草《あさくさ》、両国も賑やかでいいとは思いますが、江戸の外れの面白さはまた格別でしてね」

喜平次が秘密めかした物言いをした。

「外れってのは、言ってみりゃ、境い目というか、縁《ふち》だ。そういうところには、魑魅《ちみ》魍魎《もうりょう》が集まるもんだよ。江戸《えど》四宿《ししゅく》の内藤新宿《ないとうしんじゅく》、板橋《いたばし》、品川《しながわ》、千住《せんじゅ》もそんな場所だよ」

江戸と他国の境目には、入って来る者、出て行く者が行き交う。

そんな人々の中には、駆落ち者や凶状持ちもいるのだと喜平次は言う。

「そういう、わけの分からねぇ連中を相手にしてる四宿の飯盛り女たちにしたって、したたかじゃなきゃやっていけねぇ。ね、ことほど左様に外れの方が何かと面白いんですよ」

そう囁いた喜平次が、いつか案内しますよと口にして、ふふふと笑った。

道が二手に分かれる辺りに差し掛かった時、行く手から鐘の音がした。

目黒不動の、四つ（十時頃）を知らせる時の鐘だった。

二手に分かれる道の右の坂道は権之助坂《ごんのすけざか》で、大鳥《おおとり》神社に繋《つな》がっている。左側の道は目黒不動へ通じる行人坂《ぎょうにんざか》だった。

「筍《たけのこ》の時期になると、この辺りは混み合いましてね」

行人坂を下りながら、喜平次が口にした。

目黒名物の筍飯を目当てに人が押し掛けるということを、又十郎は以前耳にした覚えがある。

行人坂を下り切り、目黒川に架かる太鼓橋《たいこばし》を渡った先の四つ辻で、又十郎が足を止めた。

「実は喜平次、おれが目黒に来たのには、他にちょっとした用があったのだ」

「へぇ」

喜平次が意外そうな顔をした。

「一刻ばかりしたら戻るから、どこか、昼餉を共に出来る料理屋で待ち合わせるというのはどうだ」

又十郎の申し出を、喜平次はすんなりと受け入れ、

「それじゃ、あそこの『喜代松《きよまつ》』で落ち合いましょう」

振り向いた喜平次は、目黒川の東岸、太鼓橋の袂《たもと》の建物を指さし、目黒に来たら立ち寄る馴染《なじ》みの料理屋だと言い添えた。

太鼓橋近くで喜平次と別れた又十郎は、四つ辻を西へ、中目黒村《なかめぐろ》の方へと足を向けた。

二町（約二百十八メートル）ばかり歩いたところで丁字路にぶつかると、右へと折れ、目黒川に架かる橋を渡った。

その先の丁字路を左に折れた。

目黒川を左に見ながら、田圃道をひたすら進めば、目的の場所に行きつけるはずだった。

路傍に咲く野の花を摘みながら、又十郎は西へと向かった。

田圃を横切る小川に見覚えがあった。

その小川の周囲が中目黒村である。

目黒川に注ぎ込む小川だった。

小川を越えて、右へと延びる小道を行けば、下渋谷村《しもしぶや》に至り、大山道《おおやまみち》と合流する。

又十郎は、小道から左に、道のない草地に足を踏み入れ、目黒川の畔《ほとり》へと向かった。

川の畔近くに、葉を繁らせた木が密集している一画があった。

又十郎は、躊躇《ためら》うことなく茂みの中に入り込んだ。

茂みの中に畳一畳ほどの空き地があり、片隅の小さな盛り土の上には、長さ六寸

（約十八センチ）ほどの石が載っていた。

藩命によって、又十郎が手に掛けた義弟、兵藤数馬《ひょうどうかずま》の墓である。

しゃがんだ又十郎は、道々摘んだ野の花を土饅頭《どまんじゅう》の上に置いて、手を合わせた。

又十郎が、出奔して江戸に来ていた数馬と対面したのは、上目黒《かみめぐろ》村の富士塚《ふじづか》の境内だった。

暗がりの中で対峙《たいじ》した数馬は、浜岡藩の一部の重役が、抜け荷に手を染めていることに危機感を抱いていた。

すでに公儀の眼が向けられていると察知した数馬は、藩の危機を藩主、忠熈《ただひろ》に訴え出るべく脱藩に及んだのだった。

夜の富士塚で数馬が口にしたのは、浜岡への愛着と、藩の行く末への不安だった。

そんな数馬に賛同する同志が、国元にも江戸にも、ほんのわずかだが居ると又十郎に洩らしていた。

数馬のひたむきさが、今になって鮮やかに蘇《よみがえ》る。

藩命を遂行したにも拘《かか》わらず、又十郎が嶋尾久作から蒙《こうむ》った仕打ちは、理不尽としか思えない。

脱藩者に仕立て上げ、国元の身内を人質に取って、藩政に異を唱える者を一掃するために尽くせとは、あまりにもあくどい仕打ちではないか。

数馬の眠る土饅頭を見ていた又十郎の胸に、なにか突き上げるものがあった。

脱藩してまで数馬がしようとしていたのは何だったのか、それを知りたいと思った。

それを知って、自分が代わりに成《な》せることなら、志を継ぐことも厭《いと》わない。

「江戸、下屋敷、筧道三郎《かけいみちさぶろう》は――、筧には」

又十郎は、数馬が息を引き取る間際に言い残した言葉を思い出した。

筧道三郎が果たして、数馬の同志なのか仇成《あだな》す者か分からない。

だが、数馬の何かを知っている人物だろうと思われる。

しかし、近づいていいものかどうか、又十郎は迷った。

下手に動けば、横目頭《よこめがしら》、伊庭精吾《いばせいご》や配下の者の眼に留まる恐れがあった。

以前、又十郎が墓標代わりに土饅頭に挿していた木の枝は、とっくに干からびていた。

干からびた墓標を抜いて捨て、辺りを見回した又十郎の眼に、黄緑色の花を付けたサイカチの枝が留まった。

その一枝を脇差で切り落とすと、新たな墓標にして、又十郎はその場を離れた。

又十郎が目黒に引き返してきたのは、九つ（正午頃）をほんの少し過ぎた頃合いだった。

料理屋『喜代松』の暖簾《のれん》を割って土間に足を踏み入れた又十郎が喜平次の名を告げると、二階の部屋に案内された。

「おれもたった今着いたところですよ」

迎えた喜平次が、団扇《うちわ》を煽《あお》いで胸元に風を送り込んだ。

又十郎が心地よい風の通り抜ける窓辺に立つと、喜平次が横に立った。

「向こうにこんもりとした森が見えるでしょ。あそこが目黒不動ですよ」

喜平次が指をさした方に高木《こうぼく》の木立があった。

「さっき、久しぶりにお不動様へお参りに行ってきましたよ」

そう口にした喜平次が、江戸にあるお不動様の場所と謂《いわ》れを話しはじめたのには閉口したが、目黒不動と目白不動の話が済んだところで、折よく酒と料理が運び込まれた。

酒を酌み交わし、料理に箸を付けたところで、

「今日、香坂さんに付いてきたのには、わけがあるんですよ」

折り入って聞きたいことがあると口にした喜平次が、ほんの少し改まった。

「香坂さんは、いったい江戸で何をしておいでなんで？」

「ん」

又十郎が曖昧な返事をすると、

「蠟燭屋『東華堂』の客分というからには、金に困るということもなさそうだ」

じっと見つめて話す喜平次の意図が分からず、又十郎は内心戸惑っていた。

「いや、なにも詮索するつもりはねぇんだよ。実はね、おれが世話になってる船宿が柳橋の平右衛門町《へいえもんちょう》にあるんだよ」

『伊和井《いわい》』という、柳橋近辺では名の通った船宿だと喜平次は言った。

「その『伊和井』の女将《おかみ》に、この前、香坂さんの話をしたんですよ。海釣りが好きなお侍が同じ長屋に居るってね。それだけじゃなく、包丁もなかなかの腕で、同じ長屋の住人に分けてやった刺身や潮汁なんかのこともさぁ」

するとと、『伊和井』の女将が、

「うちの板場に来てもらいたいくらいだけど、お武家じゃ無理だろうかね」

と、又十郎に興味を抱いたという。

「おれが、そのお侍は浪人だと言うと、一度お眼に掛かりたいと、女将にそう頼まれてしまったんだよ」

喜平次の話の様子から、女将は、又十郎を船宿の板場に雇い入れたいと思っているらしい。

余りのことに、又十郎には返す言葉もなかった。

喜平次が言うには、『伊和井』には昔からの板前もいるのだが、六十を越していて、すぐに疲れるし物覚えも悪くなり、最近では腕前も覚束《おぼつか》ないようだ。

「女将は何も、長年勤めてくれたその板前をお払い箱にするつもりなんかねぇんだよ。もう少し若い包丁人に来てもらって、両輪で板場を回したいという腹なんだ。どうです、香坂さん、船宿の板場で働く気はありませんか」

「それは断るよ」

又十郎は、迷うことなく、笑って即答した。

料理は好きだが、所詮《しょせん》素人である。

そのくらいの分《ぶん》は、又十郎も弁《わきま》えていた。


白金台町《しろかねだいまち》の往還から、古川《ふるかわ》に架かる橋を渡って麻布《あざぶ》永坂町《ながさかちょう》に差し掛かった頃、辺りはすっかり暗くなっていた。

先刻、微《かす》かに聞こえたのは、五つを知らせる鐘の音かもしれなかった。

又十郎と喜平次は、日が落ちてから目黒を後にした。

太鼓橋近くの料理屋で、一刻もかけて昼餉を摂った。

その時、二人で三合ばかりの酒を飲んでいい気持ちになり、七つ半（五時頃）まで眠ってしまったのである。

「なんなら、近くの旅籠《はたご》で泊まってお行きなさいまし」

料理屋『喜代松』の番頭に勧められて、又十郎はその気になったのだが、

「おれは帰《け》える」

喜平次は断った。

翌朝早く客を乗せて大川を遡ることになっているので、神田八軒町の『源七店』に戻るか柳橋の船宿『伊和井』に泊めてもらうという。

「それじゃおれも」

と、仕方なく又十郎は腰を上げたのだった。

五つ時分ともなると、谷底のような麻布一帯は商家の明かりも乏しく陰気で、人の気配もなかった。

鳥居坂《とりいざか》を上り永坂《ながさか》に至る道の左右は武家屋敷ばかりで、闇が一層深くなった。

又十郎と喜平次に提灯《ちょうちん》の用意はなかったが、いつの間にか、眼は闇に慣れていた。

「香坂さん」

飯倉《いいくら》から六本木《ろつぽんぎ》へと通じる往還に出かかった時、喜平次が声を潜めた。

そのわけに又十郎も気付いていた。

先を行く人影に、足音を殺して近づくもう一つの人影が眼に留まったのだ。

後ろから近づく人影が、刀を抜き放つと、いきなり前を行く人影の背後から袈裟懸《けさが》けに斬りつけた。

「やりやがったぜ」

声を発した喜平次が駆け出し、又十郎もそれに続いた。

足音にぎくりと振り向いた覆面の人影は、飯倉片町《かたまち》の往還に出て右へと駆け去った。

喜平次と駆け寄った又十郎が、道に倒れた人影の傍にしゃがみこんで口元に掌《て》を当てた。

「息はない」

又十郎が声を出した。

「何者かね」

喜平次に言われるまでもなく、半月の明かりを頼りに又十郎は人影の頭髪や装《な》りに目を走らせていた。

きちんと剃った月代から、侍に間違いはないが、値の張るようなものは身に付けてはおらず、軽輩だと思われた。

「喜平次は番屋に走ってくれ」

「香坂さんは」

「逃げた者を追ってみる」

又十郎はそう口にすると、人影が去った方へと急ぎ、足を向けた。

故国、浜岡の城下で人斬りなど滅多になかったが、市中警護も担っていた奉行所の同心頭《どうしんがしら》である又十郎は、事件勃発直後なにをすべきか、その手順は心得ていた。

飯倉片町から六本木へ通じる往還に出ると右へ曲がり、又十郎は足早に進んだ。

自分の足音は極力消して、暗く沈んだ町のどこかから逃げる足音がしないかと、耳を澄ました。

左に入り込む小路をひとつ通り過ぎ、四つ辻に差し掛かった時、右へと下る坂道の底の方から、ぱたぱたと微かに草履《ぞうり》の音が届いた。

又十郎が四つ辻を右に入ると、丸い石を落とせば転げ落ちて行くような急坂だった。

その坂の下方から、逃げて行く足音が伝わって来た。

又十郎も小路に入り込んだ。

足の運びから、若い男だと思われる。

坂道は弧を描くように右へと曲がっていた。

又十郎は、先を行く足音が一つだけではないことに気付いた。

そのお蔭《かげ》で、足音の向かっている方角が知れた。

四つ辻を左に曲がり、角を二つ三つ曲がった時、行く手にある小ぶりな武家屋敷の長屋門の切戸《きりど》が、音を立てて閉まった。

門前に歩を進めて見回したが、どこにも家紋は見当たらなかった。

又十郎は、今来た道へ取って返そうとして、ふと足を止めた。

武家屋敷の門前を右へ行けば、その先の坂道に通じているようだ。

又十郎が坂道に出ると、「あ」と声を上げそうになった。

この先の道は、先刻通った鳥居坂の途中だった。

坂の上の暗がりに、提灯の明かりが二つあるのが見えた。

急ぎ鳥居坂を上がると、提灯の明かりに照らされた三つの人影があった。

突っ立った喜平次の足元にしゃがみこんでいるのは、恐らく土地の目明しと、その下っ引きだと思われた。

辺りは武家屋敷ばかりで、物見高い野次馬の姿はなかった。

「親分、こちらが、さっき話をした香坂さんでして」

又十郎の姿を認めた喜平次が声をかけると、腰に十手を差した四十ばかりの男が立ち上がった。

すると、若い下っ引きが、提灯を無遠慮に又十郎の顔に近づけた。

「近すぎるだろ」

四十男がどすの利いた声を出すと、へいと、下っ引きが提灯を引いた。

「斬った野郎を追いかけたとか」

「途中で見失ったが」

又十郎が目明しに答えた。

「こちらのお連れの話だと、斬ったのは侍だそうですが」

目明しが、喜平次を指さして、又十郎に尋ねた。

「装りから、それらしくは見えたが、確かではない」

そう返事をした又十郎は、

「追いかけて行ったものの見失ったが、坂下の武家屋敷の長屋門の切戸が閉まるのは見た」

と、口にした。

「そこに入ったんですかい」

目明しが身を乗り出した。

「いや。入ったかどうかは分からぬ。切戸が閉まるのを見ただけなのだ」

又十郎は冷静に答えた。

「すまないが、そのお屋敷に案内してもらえませんかねぇ」

目明しの頼みを、又十郎は承知した。

又十郎と喜平次は、目明しと下っ引きが手にした提灯の明かりに照らされた鳥居坂を下った。

「わたしぁ、飯倉片町でお上の御用を務める文吉《ぶんきち》ってもんです」

道々、目明しが名乗ると、

「小助《こすけ》です」

と、下っ引きも名乗った。

鳥居坂の途中から又十郎が先に立って、小路を左に入り、先刻の武家屋敷の門前に案内した。

「ここだよ」

又十郎が指をさすと、文吉と小助、それに喜平次も長屋門を見上げた。

門の中は、しんと静まり返っていた。

「ここにね」

文吉が呟いた。

「これだけは言っておくが、おれは、その切戸が閉まるのを眼にしただけで、斬った者がここに入るのを見たわけではない」

又十郎は念押しをした。

三

翌日、昼過ぎてから、神田八軒町界隈は小雨になった。

昼餉に蕎麦を手繰《たぐ》ろうと、木戸を出たばかりの又十郎は、慌てて『源七店』に引き返して来た。

日の射《さ》していた朝方、溜まっていた下帯《したおび》などを洗濯して干していたことを思い出したのだ。

井戸端の物干し場には、又十郎のもの以外に、足袋《たび》や手拭い、それに湯文字《ゆもじ》や襦袢《じゅばん》、半襟《はんえり》などが干されていた。

「物干し場の洗濯物が濡《ぬ》れますぞ」

自分のものを取り込んだ又十郎が、路地に向かって大声を張り上げた。

路地の方から、戸の開く音がして、又十郎の隣家の女房、おはまと、その向かいに住む友三が井戸端に駆け付けた。

「香坂さん、すまないねぇ。雨音が聞こえなかったもんだから」

そう言いながら、おはまは足袋と半襟と手拭いを取り込んだ。

友三が取り込んだのは、寝込みがちの女房、おていの寝巻や手拭いだった。

「あれ、お由さんのものだろうね」

おはまは、物干し竿に残った手甲脚絆《てっこうきゃはん》と赤い湯文字を見上げた。

針売りのお由は、いつも手甲脚絆を付けて町を歩いているから、恐らくおはまの見立て通りだろう。

「わたしが取り込んでおくから、お由さんを見かけたらそう言っといておくれな」

おはまは、残っていた洗濯物を竿から外すと、胸に抱えて家の中に駆け込んだ。

「夜鳴き蕎麦の屋台は出すのかね」

又十郎が、友三に問いかけた。

「このくらいの降りでしたら、いつも出してますよ」

「なるほど」

又十郎が空を見上げた。

「それじゃ」

友三が声を掛けて、家の中に入って行った。

自分の家の中に入った又十郎は、下帯二本と手拭いに改めて手を触れたが、朝のうちの日射しで、ほとんど乾いていた。小雨で少しは濡れたかもしれず、念のため、衣《え》紋掛《もんか》けにぶら下げた。

「あ、お由さんちょっと」

隣家からおはまの声がした。

戸口を開けっ放しにしていたらしく、路地を通るお由が眼に入ったようだ。

「物干し場の湯文字やなんか取り込んだけど、あれ、お由さんのだろ」

「あぁ、すみません」

お由の声もした。

土間に下りた又十郎が、傘を手にして戸を開けた時、

「ありがとうございました」

おはまに声を掛けたお由が、洗濯物を抱えて又十郎の目の前を通りかかった。

「針売りを切り上げたのかね」

「大降りになると困りますからねぇ」

そう返事をしたお由は、『はり』と書かれた黒い小箱を首から下げていた。

「昨夜は、喜平次さん共々遅い帰りのご様子でしたねぇ」

お由は、自分の家の戸に手を掛けてから、又十郎に意味ありげな笑みを投げかけた。

「とうとう、喜平次さんの夜遊びに付き合わされましたね」

「いや。そういうわけではないんですよ」

片手を打ち振った又十郎は、昨夜、麻布で辻斬りに出くわした一件をおおまかに打ち明けた。

「そりゃ、大事でしたねぇ。その話、いつか聞かせてくださいまし」

そう口にすると、お由は家の中に入って戸を閉めた。

雨は相変わらず細かく、傘を差すほどのことはなかった。

傘を閉じたまま木戸の方に足を向けた又十郎は、外から現れた二人の男に眼を留めた。

「あぁ、こちらで間違いありませんでしたな」

どすの利いた声を掛けたのは、下っ引きを従えた麻布の目明し、文吉だった。

「昨夜聞いた住まいが本当かどうか、ちと確かめに来ました」

「それだけか」

住まいの確認だけのために神田まで来たとは思えず、又十郎が質《ただ》すと、

「お出かけですか」

と、文吉も問いかけて来た。

又十郎が、昼餉を摂りに出かけるところだったと返答すると、

「本当は昨夜の内に確かめておかなきゃならなかったのですが、腰のものを改めさせていただきたいのでございますよ」

又十郎が差した刀に掌を向けた文吉が、慇懃《いんぎん》に腰を折った。

「おれが斬ったとでも」

「昨夜の侍は、刀で斬られて死んでおりました。その死人の傍に、刀を差した浪人のあなた様がお出でになったんですから、その刀で斬ったのかそうではないのか、はっきりさせておくのが、お調べの定石でして」

文吉の言うことに、又十郎の顔が思わず緩んだ。

元同心である又十郎は、人殺しの調べを何度となく務めたことがあった。

その時、いま文吉が口にしたような気《き》働《ばたら》きを心掛けたものだ。

「なかへ」

家の中に入るように促した又十郎は、腰の刀を帯から外して土間を上がった。

文吉は、下っ引きを路地に残して、一人で土間に立った。

又十郎は、土間の文吉に黙って刀を突き出した。

「改めさせていただきます」

軽く一礼をした文吉が、両手で刀を受け取ると、ゆっくりと刀身を引き抜いた。

文吉は、はばきから切っ先に向けてゆっくり眼を動かすと、すぐに刀身を鞘に納めた。

「よいのか」

あまりにも呆気《あっけ》ない文吉の動きが、かえって又十郎を戸惑わせた。

「昨日今日、人の血や脂が付いたような曇りはございません」

きっぱりと口にした文吉は、刀を両手で捧《ささ》げるようにして差し出した。

「斬られた侍が何者か、調べはついたのか」

刀を受け取った又十郎が尋ねると、

「へぇ」

と、文吉は頷いて、判明した経緯を話し出した。

麻布、永坂近辺の辻番を訪ね回った結果、鳥居坂に屋敷のある、千石取りの御書院《ごしょいん》番《ばん》、京極《きょうごく》家の蔵番《くらばん》だった。

亡骸《なきがら》を引き取りに来た京極家の者は、斬られた侍の夜間外出の理由について、他家に使いに出したなどと、もっともらしいことを言っていたが、文吉には、嘘だと分かったという。

「飯倉町通の北側、坂の下の麻布市兵衛町《いちべえちょう》には、商売女を置いているところが何軒もありますから、そこへ向かったか、あるいは帰りだったのかもしれません」

そう文吉は推察した。

そして、死んだ侍は見るからに軽輩で、金が目当ての辻斬りには思えないとも付け加えた。

「おれが見た、長屋門のあるお屋敷の主《あるじ》は誰だか知ってるのか」

又十郎が尋ねた。

「どなたとは申せませんが、西国のさる大名家のお抱え屋敷でした」

文吉によれば、藩主の側妾《そばめ》とその子が住んでいる屋敷だった。

「その大名家と、斬られた侍の仕える京極家の家臣に、前々から悶着《もんちゃく》があったようなことはないのかな」

又十郎がそう口にすると、

「あなた様は、事件を調べるお役人のような物言いをなさいますな」

と、文吉が微かに眉間に皺《しわ》を寄せた。

己がかつて、奉行所で同心を務めていたことを、又十郎は秘した。

神田仲町の中通りの蕎麦屋で昼餉を済ませた又十郎は、通りに出るとすぐ菅笠を被った。

日射しは強かったが、大川の川開きを明日に控えた神田八軒町界隈は、どことなく気ぜわしかった。

又十郎は、中通りから筋違橋へと足を向けた。

表通りに店を構える商家も、二、三日前から忙しげではあったが、殊に今日は、道を往来する者たちも、朝から浮足立っているようだ。

打ち上げ花火に人が詰めかける両国に近いせいかも知れない。

普段安全祈願などしない船頭の喜平次も、この何日か、木戸の傍にある稲荷に手を合わせてから、柳橋の船宿に出かけている。

昨夜、お由がお運びをしている居酒屋の『善き屋』に行った時も、

「おれはもうこのくらいで」

と、珍しく、途中で盃を伏せた。

川開きの夜の大川は、花火見物を兼ねた納涼船で埋め尽くされる。

そんなところで船を操るには、決死の覚悟と体力が要るのだという。

操船を誤って他の船にぶつければ喧嘩にもなる。転覆させたりすれば、その後、船頭としては生きていけないのだと、喜平次は気を引き締めていた。

「花見や川開きの時は、喜平次さんはいつもこんな風だとおはまさんが口にしてましたよ」

昨夜、料理を運んで来たお由が、そう口にしていた。

「夜の両国には、香坂さんは近づかない方がいいよ」

喜平次に何度かそんなことを言われていた又十郎は、昼間の両国を見物するつもりで『源七店』を出たのである。

「香坂様」

背後で聞き覚えのある声がしたのは、筋違橋を渡り、神田川の南岸の柳原土手に足を向けた時だった。

「これから『源七店』に伺うところでした」

と、蠟燭屋『東華堂』の半纏《はんてん》を着た和助が、又十郎の傍にやって来た。

「八つ（二時頃）に、玉蓮院にお越し下さるようにと、嶋尾様からの言伝でございます」

「分かった」

又十郎が返事をすると、和助は一礼して日本橋の方へと立ち去った。

八つまで、あと一刻足らずしかなかった。

これから両国に行っていたのでは、八つに本郷の玉蓮院に着くのは難しい。

小さくため息をついた又十郎は、踵《きびす》を返した。


「随分と早くに着いたそうだな」

嶋尾久作は、玉蓮院の離れで又十郎の向かいに座るなり口を開いた。

又十郎は、筋違橋近くで和助と別れると、玉蓮院に向かったのだ。

四半刻（約三十分）も前に着いた又十郎は、いつも嶋尾と対面するときに通される離れに案内され、初めて立木の繁《しげ》る庭に下りて、樹間を散策した。

「此度《こたび》もまた、近藤次郎左衛門《こんどうじろうざえもん》様よりもたらされた用件なのだ」

嶋尾は、浜岡藩江戸屋敷の留守居役の名を口にした。

「近藤様とお親しいお留守居役が務める大名家で、ちと厄介なことが持ち上がっているると申されるのだよ」

そう前置きをした嶋尾が、その厄介なことを話しはじめた。

畿内に領国のあるその大名家の藩主は今年五十になるのだが、二十五年前に娶《めと》った三つ年下の正室との間に子がなかった。

嫁して三年のうちに子が出来ない時は、正室の生家から離縁を申し出るのが礼儀とされていたが、藩主はそれを望まなかった。

正室の生家が冷泉家《れいぜいけ》だということは、家格に箔《はく》が付いて、藩主を満足させていた。

藩主にはこれまで何人か、正室が認めた側室がいたが、その誰も子を成さなかった。

ところが、十八年前、上屋敷に奉公に上がっていた町娘に藩主の手がついて、翌年、その娘は男児を産んだ。

生まれた男児は、藩主の後を継ぐ唯一の子だが、正室が上屋敷での同居を異常なまでに拒んだため、男児と生母は中屋敷に住まわされたという。

藩主の子を産んだ女なら側室になってもおかしくはないのだが、それも、正室が頑《かたく》なに拒んだ。

跡継ぎを得て、家がつづくことが妻の主たる務めだと考えられている武家では、夫に側室を勧めるのは妻の果たすべき役割であり、夫が勝手に連れて来るのは慣例をないがしろにすることだった。

「つまり、男児とその母は、中屋敷に住まわされてはいたが、十八年もの間、側室とは認められず、町人が口にする、いわゆる囲われ者の扱いを受けてきたのだ。囲われ者の子供だが、その男児が次の藩主になることは間違いなかった。ところが、正室が連れてきた側室が藩主の子を身籠《みごも》って、三年前、男児を産んでしまった」

そこまで話をして、嶋尾がふうと息を吐いた。

「男児が二人も生まれて、お家にとってはめでたいことではあったが、割を食ったのは、先に生まれた男児とその生母なのだ」

その大名家は、正室が認めた側室が産んだ男児を後嗣《こうし》とし、先に生まれた男児とその母を中屋敷からお抱え屋敷住まいにしたと、嶋尾が説明した。

いずれは我が子が跡継ぎになると思っていた囲われ者の母は悲嘆に暮れ、そんな母と共に暮らす、十八になる倅《せがれ》も心に変調を来《きた》しているらしい。

「失意の底に落ちた倅は、お家やご正室、あるいは側室に対して恨みなどを抱えているようで、お抱え屋敷内で家臣を無礼打ちにしたり、奉公に上がった娘を手籠《てご》めにしたりと、常軌を逸した振る舞いに周りは頭を悩ませているというのだ」

そう口にした嶋尾の顔が曇った。

「その倅をこのままにしていては、傷になるどころか、お家の存続にも拘《かか》わりかねず、そのお家のお留守居役から、なんとかならぬかと、近藤様は相談を受けられたのよ」

そこまで話して、嶋尾が煙草盆《たばこぼん》を引き寄せた。

雁首に煙草を詰めると、片手で盆を持ち上げて、煙管《きせる》に火を点《つ》けた。

「そのお家の様子は分かりましたが、何ゆえこのわたしに話をなされたのか、合点がゆきません」

又十郎が得心のいかない口ぶりで嶋尾に眼を向けた。

大きく煙草の煙を吐き出して、嶋尾が竹筒に煙草の灰を落とした。

「その伜には、由々しき疑いがあるのだ。試し切りと称して、夜な夜な辻斬りを重ねているという疑いがな」

嶋尾が口にした辻斬りという言葉が、又十郎に重く響いた。

「しかし、又十郎、世の中には奇縁というか、偶然というべきか、面白いことが起こるものだなぁ」

「と申しますと」

「わしが耳にしたところによると、四日前の夜、麻布で辻斬りを見たというではないか」

嶋尾の口から、思いがけない言葉が飛び出した。

そのことを、嶋尾がどうして知り得たのか不思議だった。

知っているのは喜平次と、麻布の目明し、文吉と下っ引き、それに『善き屋』に行った昨夜、麻布の一件を詳しく話してやったお由しか心当たりはない。

もしかしたら、『善き屋』の客の中に、嶋尾に繋がる誰かが居て話を聞いていたのかもしれない。

「わしが言う奇縁とは、そなたが斬った者を追って行った夜、長屋門の切戸が閉まるのを見たと御用聞きに話したそうだが、そのお屋敷は、伊勢《いせ》、亀石《かめいし》藩板倉《いたくら》家のお抱え屋敷なのだ」

お抱え屋敷という言葉に、又十郎が眉を顰《ひそ》めた。

「当家の近藤様に相談されたのは、亀石藩主、板倉備後守《びんごのかみ》様江戸屋敷のお留守居役よ」

又十郎は完全に言葉を失っていた。

「これまでは単に疑いだけだったが、又十郎が目の当たりにしたことで、お抱え屋敷の倅の辻斬りが明白となった。板倉家には恩も義理もないが、一人の乱心者のせいでお家の存続が危ういと聞くと、同情を禁じ得ないと近藤様が嘆かれたのだ。このことに又十郎が偶然にも関わったというのも奇縁だ。そなたには、麻布の倅が二度と刀を持てないようにしてもらいたい」

嶋尾からそう命じられて、又十郎は黙って両手を突いた。

ただし、後嗣ではなくとも大名の子に違いはなく、決して殺してはならぬという言葉を聞いて、又十郎の気が少し軽くなった。

「倅の辻斬りは病のようなもので、しばらくはじっとしていても、すぐにまた人を斬りたくなる」

そう言い切った嶋尾に、又十郎は、今夜から麻布の旅籠に詰めるよう命じられた。

又十郎が、明日の川開きの花火を眼にすることはなくなった。

四

玉蓮院を出た又十郎に、山門の陰から出てきた人影がするりと身を寄せた。

「麻布までお供します」

小声で囁いたのは、横目頭、伊庭精吾の手の者、団平《だんぺい》だった。

又十郎は、麻布に向かう道すがら、今回の務めに関して知っておきたいことを幾つか、団平から聞き出した。

伊勢、亀石藩板倉家のお抱え屋敷の主は、お久《ひさ》の方と呼ばれる四十になる側妾だった。

そのお久の方が産んだ男児が、十八になる板倉左馬之助《さまのすけ》だった。

「宿は、麻布宮下町《みやしたちょう》の『加治屋《かじや》』といいまして、鳥居坂の上り口の近くです」

団平はそう言うと、板倉家のお抱え屋敷周辺には、すでに何人かの横目が差し向けられ、左馬之助の動向を探っていて、何か動きがあれば旅籠の又十郎に知らせる手筈《てはず》になっているとも付け加えた。

本郷から城の西に回った又十郎と団平は、赤坂御門《あかさかごもん》を通って麻布へと向かった。

「おれが、麻布で辻斬りを見たという話を知っていたのか」

麻布竜土《りゅうど》六本木町から芋洗坂《いもあらいざか》を下りながら、又十郎が気になっていたことを団平に問いかけてみた。

「はい」

団平はきっぱりと頷いた。

「誰から聞いたんだ」

「頭の伊庭様からです」

「伊庭精吾は誰から聞いたんだ」

「さぁ。存じません」

「お前は、誰から聞いたと思う」

「我らは、横目頭に命じられたことを果たすのみで、ことの経緯《いきさつ》なんかを気にすることはありませんので」

団平は淡々と口にした。

事実を言っているのか誤魔化しているのか、団平の口ぶりや表情からは判断が付き兼ねた。

麻布宮下町の旅籠『加治屋』は、芋洗坂と鳥居坂が交わる四つ辻から藪下《やぶした》に向かう途中にあった。

板倉家のお抱え屋敷でなにか動きがあれば、すぐ知れる近さだった。

又十郎が旅籠に入るのを見届けると、

「なにかあれば知らせますので、黙って動かれることのないよう」

念を押した団平は、永坂の方へと立ち去った。


まだ日のあるうちに湯に入り、その後夕餉を済ませた又十郎は、退屈だった。

旅籠の二階の部屋から下を眺めると、通りに明かりを零《こぼ》している建物がいくつもあった。

旅籠や料理屋の明かりに混じって、縄暖簾《のれん》を掛けた居酒屋の明かりも見えた。

退屈しのぎに縄暖簾を潜《くぐ》ろうかとも思ったが、

「黙って動かれることのないよう」

そう念を押した団平の言葉が頭を過《よぎ》った。

なにも嶋尾や横目頭の伊庭らの言いなりになるつもりはないが、妙に逆らって、監視の目を強くされるのも癪《しゃく》である。

窓の敷居に腰掛けて通りを眺める又十郎の口から、小さくため息が洩れた。

明るいうちは賑やかだった通りも、六つ半（七時頃）を過ぎると人通りもまばらになった。

麻布宮下町は、北と西の高台に挟まれた谷間にあった。

縦横《たてよこ》に延びている通りには様々なものを商う商家が軒を連ね、人馬の往来も多い。近くに善福寺《ぜんぷくじ》という大寺もあり、麻布十番を東の方に進めば芝の増上寺へも通じていた。

夕刻、多くの侍の姿を見かけた。

周辺に、下総《しもうさ》の内田《うちだ》家をはじめ、肥前佐賀《ひぜんさが》藩の松平家、出羽上山《でわかみのやま》藩の松平家など、多くの大名屋敷があるからだと、夕餉を運んで来た女中が得意げに話してくれた。

窓の敷居から腰を上げた又十郎は、畳にごろりと横になった。

開けっ放しの窓の彼方《かなた》に、月が浮かんでいた。

夜風とともに、ちりちりんと、微かな風鈴の音も入り込んだ。

又十郎から欠伸《あくび》が洩れた。

「お客さん」

女に声を掛けられて、又十郎はぴくりと体を起こした。

「団平さんという人が、お客さんを呼んで欲しいと言ってるよ」

夕餉を運んだ女中が、廊下に膝を突いて階下を指さした。

「いま何刻だ？」

「もうすぐ五つだよ」

そう口にすると、女中が立ち上がった。

どうやら、四半刻ばかり転寝《うたたね》をしていたらしい。

又十郎は、女中の後ろについて部屋を出、階段を降りた。

旅籠の出入り口の土間に、団平が待っていた。

「倅が、屋敷を出ました」

又十郎の耳元で囁いた団平が、すぐにお支度をと促した。

団平とともに麻布宮下町を出た又十郎は、麻布本村町《ほんむらちょう》へと向かった。

お抱え屋敷を出た板倉左馬之助を付けた二人の横目は、行先が麻布本村町方向だと察知したところで、団平に知らせ、すぐさま尾行に戻ったのだという。

麻布本村町は、善福寺の南方にある。

善福寺の西側の麻布一本松《いっぽんまつ》坂を上がった又十郎と団平は、陸奥《むつ》仙台《せんだい》藩、伊達《だて》家の下屋敷北側の仙台坂に出た。

その辺り一帯が麻布本村町だった。

仙台坂をほんの少し右に行ったところにある稲荷の暗がりから、人影が出てきた。

「辰《たつ》二《じ》郎《ろう》か」

団平が口にしたのは、伊庭精吾配下の横目の名だった。

「倅は、御薬園坂《おやくえんざか》下の四之橋《しのはし》近くだ。そこで伴六《ばんろく》が見張ってる」

暗がりから現れた辰二郎が、低い声で告げた。

「分かった。あとはおれらと伴六でし遂げる。お前は伊庭様に知らせろ」

そう口にした団平に頷くと、辰二郎は仙台坂を二之橋《にのはし》の方へ下って行った。

団平はじめ辰二郎、伴六はみな、義弟の数馬を討つ際に、又十郎の監視役兼補佐役を務めた横目どもだった。単なる味方でもなく、かといって敵ともいえなかった。

「参ります」

小声を出した団平が、又十郎の先に立って麻布本村町の通りを四之橋へ向けて下った。

御薬園坂を下り切った先に、少し下流では金杉川《かなすぎがわ》と呼び名が変わる新堀川《しんぼりがわ》に、四之橋が見えた。

橋の手前の四つ辻に、ほのかな明かりを灯《とも》す辻番所があった。

ふっと足を止めた団平が、辻番所手前の小路の暗がりに眼を向けた。

「待ってた」

そう囁いて近づいて来たのは、赤い唇をした伴六だった。

「奴は、橋を渡った辺りに、じっと身を潜めている。辻番所のあるこっち側じゃ、いくらなんでもやりにくいのだろうぜ」

口の端を歪《ゆが》めて、伴六は声もなく笑った。

「おれが、一人で向こうに渡る」

そう呟いた又十郎が、四之橋の方へゆっくりと歩を進めた。

辻番所の横を過ぎ、四之橋を渡り始めた。

向こう岸の町並みのどこかに潜んで、板倉左馬之助は通りかかる獲物を待っているのだろう。

菅笠の下から、橋の向こうの暗がりに眼を凝らしたが、動くものはなかった。

左馬之助は、身動きもせず、息を殺しているようだ。

それが、偏執者の執念というものだろうか。

嶋尾久作が言ったように、左馬之助の心は病んでいるのかもしれない。

又十郎が渡り終えて四つ辻を左へと曲がった時、橋の袂《たもと》からまっすぐに延びた小路の奥で何かが動いた。

又十郎はそれに構わず、新堀川の南岸を下流の方へ足を向けた。

どこかから、さっさっと、砂地を踏むような音がしたかと思うと、家並の右手の小路から現れた人影が、又十郎に向かって来た。

袴姿の人影は、先日の夜、又十郎が追いかけた侍とよく似ていた。

顔を覆面で隠しているのも、先夜と同じだった。

又十郎が足を止めると、

「刀を置いて行け」

行く手をはばんだ覆面の侍が、低い声を出した。

敢《あ》えて押し殺したのだろうが、声は若々しかった。

「刀が欲しいのか」

又十郎が問いかけると、相手は黙った。

少しの間があって、

「刀を置け」

相手は、苛立《いらだ》った声を発した。

「それは、断る」

又十郎が落ち着いて返答すると、相手はきっとなって、体を強張《こわば》らせた。

相手の目的は刀ではなく、又十郎の振る舞いや、返って来る口ぶりで力量を探っているのだと察した。

「ならば、取るっ」

低く口にした覆面の侍が、刀を抜きながら、つつつと、又十郎に迫り、いきなり右の下段に構えた刀を斜め左に振り上げた。

一気に刀を引き抜いた又十郎は、左足を半歩下げて、相手の剣を横に払った。

ほんの少したたらを踏んだ覆面の侍は、振り向くとすぐ、二の太刀《たち》に備えるように、切っ先を又十郎に向けた。

なまくらな剣法ではなかった。

流儀は分からないが、何年か、稽古を積んだ腕前だと感じた。

しかし、太刀捌きに荒《すさ》みが窺《うかが》えた。

上段に構えた相手に対し、又十郎は一間（約一・八メートル）ほどの間をとって正眼に構え、そのまま動きを止めた。

焦《じ》れたのは相手だった。

天に向けた切っ先が落ち着かなく小刻みに揺れ、覆面の下の息使いが荒くなっていた。

「たぁっ！」

逸《はや》ったように踏み込んだ覆面の侍が、又十郎に向けて、上段から袈裟懸けに刀を振り下ろした。

体《たい》を躱《かわ》して避けたものの、相手はすぐに刀を腰の高さに引き上げると、又十郎の胴を払うように二の太刀を繰り出した。

体力のある若者ならではの剣法だった。

だが、刀を横に払った時、相手の腕が伸び切ったのを又十郎は見逃さなかった。

相手の右肘に向けて、又十郎が刀を振るった。

「う」

と、低く呻《うめ》いた覆面の侍の手から、刀が落ちて、カランと音を立てた。

右肘のあたりを片手で押さえた覆面の侍は、又十郎をひと睨みして、土手道を下流の方へと駆け去った。

刀を鞘に納めた又十郎は、道に落ちた相手の刀には構わず、四之橋の袂に向かった。

その時、背後で足音がした。

振り向くと、川端の道に三つの人影が現れ、その中の一人が、落ちていた刀を急ぎ拾い上げると、覆面の侍を追って闇の向こうに消えた。


麻布宮下町界隈は朝から慌ただしかった。

馬のいななきが通りに響き、荷車の音が行き交っていた。

夜明けと共に近くの善福寺に行っていた又十郎は、境内に響き渡る朝の勤行《ごんぎょう》を聞いた。夏に聞く念仏は暑さがまとわりつくようで、早々に引き上げて、旅籠の『加治屋』に向かった。

朝餉を済ませたら、神田八軒町へ戻るつもりである。

あちこちの旅籠から、旅装の侍や荷物を肩に負った旅商人などが、若い衆や女中に送られて発《た》つ姿が見られた。

「お帰りなさいまし」

又十郎が『加治屋』の土間に足を踏み入れると、番頭から声が掛かり、

「部屋にお連れ様がおいでです」

と、二階を指さした。

階段を上がった又十郎が、寝起きした部屋に戻ると、胡坐《あぐら》をかいていた団平が改まったように膝を揃《そろ》えた。

「一緒に朝餉を摂るか」

又十郎が勧めると、

「とっくに済ませましたので」

と、団平が頭を下げた。

「お発ちの前に、昨夜の様子をお知らせに」

そう言うと、団平は、又十郎に腕を斬られた覆面の侍のその後の動きを話し出した。

新堀川を三之橋《さんのはし》の方へ逃げた覆面の侍は、そのまま一之橋まで進み、飯倉新町《いいくらしんまち》から麻布永坂町の坂を上って、板倉家のお抱え屋敷に入ったという。

「覆面の侍は板倉左馬之助に間違いありません」

団平が、又十郎に向かって小さく頷いた。

「左馬之助が逃げ去った後、落とした刀を拾い上げて行った者たちがいたが」

「恐らく、お抱え屋敷の家臣どもです。左馬之助が屋敷に入ってしばらくしてから三人の侍が急ぎ戻って来て、門の切戸から屋敷の中に消えました」

団平の物言いは、いつも落ち着き払っていた。

左馬之助の所業を、屋敷の者たちは知っているということなのだろうか。

「では、わたしは」

一礼して、団平は腰を上げた。


旅籠『加治屋』を後にした又十郎は、飯倉片町へ通じる坂道を上った。

飯倉町通とぶつかる辺りの植木屋で、目明しの文吉の住まいを尋ねると、

「さっき、自身番に詰めてるのを見たな」

という返事だった。

自身番は飯倉町通に面したところにあった。

その向かいには、出羽米沢《よねざわ》藩、上杉弾正大弼《うえすぎだんじょうだいひつ》家の堂々たる中屋敷の塀が、延々と東に延びていた。

「お、これは」

又十郎が自身番の前に立つと、上がり框で煙草を喫《の》んでいた文吉が、目を丸くして見迎えた。

「そのままそのまま」

腰を浮かせかけた文吉を止めて、又十郎も框に腰掛けた。

「こちらには何か」

文吉が、煙管の灰を煙草盆に叩《たた》き落として、又十郎に眼を向けた。

「昨夜、芝の方に泊まった帰りだよ」

笑って誤魔化すと、

「近隣じゃ、この前のような辻斬りが頻発していたのかね」

又十郎は、さりげなく問いかけた。

「あっしの受け持ちで辻斬りがあったのは、この前が初めてですよ。もっとも、麻布田島町《たじまちょう》とか、広尾《ひろお》、白金、三田《みた》の方を合わせると、この一年の間に、四、五件の辻斬りがあったようです。そのどれも、下手人は捕まっていないと聞いております」

文吉が、思いつめたような顔をした。

「その辻斬りは、もう出ることはないと思うがな」

「それはまたなんで」

文吉は、又十郎に訝《いぶか》しげな眼を向けた。

「勘だよ」

笑みを浮かべて腰を上げると、「近くへ来たら寄るよ」と声を掛けて、又十郎は自身番を後にした。

文吉には勘だと口にしたが、又十郎には確信があった。

昨夜、又十郎の刀の切っ先は、板倉左馬之助の右肘の腱《けん》を裂いていた。

刀を持つことは二度と叶《かな》うまい。

五

五月二十八日の大川の川開きが済んだ翌々日である。

又十郎は、深川《ふかがわ》沖で錨を下ろした猪牙船《ちょきぶね》から釣り糸を垂らしていた。

「明日の朝、沖合で釣りなんぞどうです」

昨日の夜、仕事から帰って来た喜平次に声をかけられて、又十郎は一も二もなく承知したのだ。

船を停《と》めた直後は、喜平次も釣り糸を垂らしたのだが、釣果はほとんどなく、

「慣れねぇことはするもんじゃねぇ」

と、半刻（約一時間）ばかりで釣り竿を仕舞った。

日が昇ってしばらくすると、船上は焼けるような暑さになった。

風は吹いたが、熱気を孕《はら》んでいた。

「香坂さん、こんなもんでいいんじゃありませんか」

魚籠を覗《のぞ》き込んだ喜平次が、そう口にした。

鰆《さわら》やチダイ、鮎並《あいなめ》など、合わせて六尾ほどが魚籠に入っているはずだ。

「切り上げるか」

笠を付けてはいたものの、又十郎も暑さには閉口していた。

帰るとなって、喜平次はてきぱきと動いた。

錨を揚げると、大川に向けて櫓《ろ》を漕《こ》いだ。

「船は『伊和井』の近くに着けますが、構いませんね」

「あぁ。いいよ」

又十郎は、櫓を漕ぐ喜平次に返事をした。

『伊和井』は、喜平次が船頭として働く船宿である。

大川から神田川に入り込んですぐの右岸一帯が浅草下平右衛門町《しもへいえもんちょう》で、夜明け前に喜平次の船に乗り込んだ場所だった。

喜平次の猪牙船が神田川右岸の船着き場に着いた時、四つ（十時頃）を知らせる時の鐘が微かに聞こえた。

「ここから神田八軒町へ魚籠をぶら下げて行くのもなんだ。どうです香坂さん、『伊和井』の板場で魚捌いて、そこで昼飯にしませんか」

船から岸に上がったところで、喜平次がそう持ちかけて来た。

「そんなことが出来るのか」

又十郎には、信じられない誘いだった。

「昨日聞いた話だと、今日は夕方の客だけで、昼過ぎまで板場は使わないらしいから、おれが掛け合ってみるよ」

喜平次がそう請け合った。


船宿『伊和井』の入り口は神田川に面していた。

又十郎を案内して裏の勝手口に回ると、

「ちょっと待っててください」

又十郎を残して、建物の中に入って行った。

待ったのはほんの少しで、すぐに戻って来た喜平次が、

「包丁だって竈だって、好きに使っていいってさ」

笑みを見せて、又十郎を板場へと導いた。

板場に入った又十郎は、息を飲んで見回した。

広々とした板場にはありとあらゆる道具が揃っていた。

浜岡の実家、戸川《とがわ》家や峰《みね》の坂《さか》の香坂家、今住む『源七店』でしか包丁を使ったことのない又十郎には、夢のような板場だった。

「喜平次にも手伝ってもらわないとな」

「お安い御用だ」

大きく頷いた喜平次に火熾しを頼んだ又十郎は、流しに立って魚の鱗剥がしに取り掛かった。

鰆は四季を通じて美味だが、内湾に入り込んで産卵する今の時期は、脂がのって一段と美味《うま》い。

三枚に下ろして、半身を刺身、あとの半身は塩焼きにする算段である。

冬は味の落ちるチダイも、夏は真鯛よりも味が良いので、刺身にする。鮎並は煮付けにすることに、又十郎の腹は決まった。

一刻足らずの間に、料理がすべて出来上がった。

又十郎と喜平次の昼餉の分、『源七店』に持ち帰る分を差し引いても、料理は余った。

「住み込みの奉公人が何人かいますから、そいつらに分けてやりましょう」

喜平次の申し出に否やはなかった。

喜平次が、年のいった、女中の頭分と思える女を板場に呼んで、その旨を告げると、

「朝餉のご飯が御櫃《おひつ》に残ってるから、どうぞ」

女はそう言うと、若い女中たちを呼んで、余った料理を運ばせた。

「それじゃ、わたしらはここで昼餉とまいりましょう」

喜平次の声を合図に、又十郎は土間から板張りに上がった。

又十郎が御櫃のご飯を茶碗に盛り、ひとつを喜平次の膳に載せた。

又十郎と喜平次は、向かい合って昼餉を摂った。

四半刻ほどで食べ終わると、喜平次が気を利かせて茶を淹《い》れてくれた。

「失礼しますよ」

女の声がして、四十代半ばくらいの、品のある着こなしの女が板張りに現れた。

「先ほどは、うちの奉公人にまで料理を振る舞っていただき、ありがとう存じました」

女が、又十郎に向かって手を突いた。

「ここの女将さんですよ」

喜平次が又十郎に囁いた。

「勢《せい》と申します」

名乗った女将が、小さく頭を下げた。そして、

「わたしもお相伴《しょうばん》に与《あずか》りましたが、塩焼きも煮付けも美味《おい》しくいただきました。刺身を引く包丁捌きもなかなかのもので、大いに感心しました」

お勢はどうも、どこからか板場を覗き見していたようだ。

「以前、喜平次さんからお聞きかと存じますが、なんとか香坂様にうちの板場に入っていただけないでしょうか」

お勢が、板張りに手を突いて伏した。

「喜平次、お前、謀《はか》ったな」

又十郎が苦笑いを向けると、

「へへ、どうも」

と、喜平次も笑みを浮かべた。

恐らく、お勢が喜平次に持ちかけたのだろう。

沖釣りに誘った帰り、『伊和井』で料理をするように仕向けて、又十郎の腕前と人柄を見てみようというのが、お勢の狙いだったのかもしれない。

「喜平次さんに聞けば、ご浪人の身の上とはいえ、なにか御用を引き受けておいでだとか。ですから、毎日とは申しません。気の向いた時、お暇な折に包丁を振るっていただけないものでしょうか」

「困ったな」

そう口にして、又十郎はため息をついた。

困ったのは本当のことだった。

浪人となった今、好きな釣りと料理が己の仕事になるというのは、幸いというものだ。

だが、嶋尾の用事がいつ飛び込むか知れなかったし、いずれ江戸を去る日が来るということもある。

「ありがたい申し出ではあるが」

そう前置きをした又十郎は、細かい事情は伏せて、丁寧に断った。


もうそろそろ梅雨が明けようかという頃合いである。

又十郎が、船宿『伊和井』の板場で包丁を振るってから、十日が経った夕刻だった。

神田旅籠町の湯屋から戻ると、

「大家さんから、湯屋だと聞きましたので、お待ちしてました」

と、土間の框に腰掛けていた和助が、腰を上げた。

「これから、柳原土手の柳森稲荷《やなぎもり》に行っていただきたいのですが」

和助によれば、嶋尾久作自ら足を運んだらしい。

柳森稲荷には、柳原富士《やなぎはらふじ》という富士塚があるとも口にした。

「わたしは日本橋に戻りますので、途中までご一緒に」

「そうしよう」

又十郎は、和助を土間に待たせて身支度を整えた。

嶋尾の用事となると、泊まりがけということもある。

刀と笠を手にして、又十郎は土間に降り立った。

筋違橋を八辻原《やつじがはら》へと渡ったところで、日本橋に戻る和助と別れて、又十郎は川沿いを下った。

柳森稲荷は、筋違橋と和泉橋の中間付近にあった。

入り口に立って外を窺っていた横目頭の伊庭精吾が、近づく又十郎に「ここだ」と言うように、境内の中に顔を動かした。

富士塚が築かれているくらいだから狭くはないが、広いともいえなかった。

少し奥まったところに稲荷社があり、その濡れ縁に嶋尾久作が腰掛けていた。

「急ぎの用が出来た」

嶋尾が、いきなり口を開いた。

「この前、懲らしめを頼んだ麻布のお抱え屋敷の倅だが、やはり斬ってもらわねばならなくなった」

嶋尾が口にしたのは、板倉左馬之助のことだった。

しばらく屋敷に籠っていた左馬之助が、夜な夜な屋敷を出ているという。

「右腕は利かないはずですが」

又十郎が訝ると、嶋尾が、

「左腕を使って、付け火をしている」

と舌打ちをした。

麻布近辺で付け火が相次いでいるのだと嶋尾が続けた。

五日前は、麻布北日ヶ窪町《きたひくぼちょう》と麻布桜田町《さくらだちょう》で商家の大戸が焼かれたが、大事には至らず小火《ぼや》で済んだ。

それから二日経った夜、善福寺門前町の紙屋の掛け看板がくすぶり、新堀川に架かる三之橋の袂にある常夜灯の櫓《やぐら》が燃えかかったが、近くの大名屋敷の侍たちが駆け付けて消し止めた。

そのことは板倉家上屋敷のお留守居役の耳にも届き、家臣に命じて密《ひそ》かに調べると、左馬之助が屋敷を抜け出した夜に限って、付け火があったと判明した。

麻布界隈の異変は、板倉家の留守居役から浜岡藩江戸屋敷の近藤次郎左衛門に伝わり、嶋尾にもたらされた。

「手の者に命じて、二日前から板倉家のお抱え屋敷を見張らせたところ、昨夜遅く、板倉左馬之助が一人、弓張提灯《ゆみはりちょうちん》を手にして屋敷を出るのを団平が見たのだ」

嶋尾に代わって、伊庭が口を開いた。

団平は、夜の通りを歩く左馬之助が、いきなり塀越しに、商家の庭に提灯を投げ入れたのを眼にしたという。

団平はその商家を叩き起こして事情を話し、庭の様子を見に行かせたが、燃え尽きた提灯だけが残っていた。

「麻布界隈の付け火は、お抱え屋敷の乱心者によるものに違いない。火付けは大罪だ。これ以上野放しにすれば、町人の家はおろか、近隣の大名屋敷を焼くことにもなりかねぬ。放ってはおけまい」

語気を強めた嶋尾につられたように、又十郎は頷いた。


柳森稲荷で嶋尾や伊庭と別れた又十郎は、その足を麻布へと向けた。

一刻足らずで、日暮れ間近の麻布宮下町に着いた。

「泊まるのは、この前と同じ旅籠です」

別れ際、伊庭からそう告げられていた。

一昨日から麻布に行っている団平が、『加治屋』に話を通しているということだった。

『加治屋』に入るとすぐ、又十郎の部屋に夕餉の膳が運ばれた。

「今度は、二、三日お泊りだそうですね」

以前泊まった時に顔見知りになった女中が、茶を淹れながら声を掛けてきた。

嶋尾から、

「二、三日泊まるつもりで行ってもらう」

そう言われていたから、又十郎に覚悟は出来ていた。

そして、

「辻斬りにしろ火付けにしろ、その倅の性情を思えば、我慢するということを知らぬようだ。いつも通り、二日に一度は付け火をしたくなるであろう」

嶋尾が口にしたことは、又十郎にも分からなくはなかった。

浜岡藩の国元で同心を務めていた頃、十日に一度、小商いの店先から物が盗《と》られるという事件が頻発した。

盗られる店はその時々で違うので、警戒のしようがなかった。

三月後に捕まったのは、一人暮らしの老婆だったが、暮らしに困っての犯行ではなかった。

老婆自身、してはいけないと分かって己を戒めてはいたのだが、十日もすると無性に盗みたくなって、町をさまよったと告白した。

老婆は恐らく、心に病を抱えていたに違いなかった。

「お客さん、ほかに用はありませんか。お酒とか」

夕餉の膳を片付けに来た女中に尋ねられたが、突然の呼び出しに備えて、酒を飲むわけにはいかない。

「おれを訪ねて来る者がいたら、起こしてもらいたい」

「あ。そのことなら、団平さんという人から、番頭さんに話が通じてるようですよ」

そう返事をすると、女中は膳を運び去った。


その夜、又十郎は団平の案内で飯倉片町へと坂道を上っていた。

四つの麻布永坂町界隈は、静まり返っていた。

夕餉を済ませてすぐ、仮眠を取ろうと布団を敷いたのだが、又十郎は何度かうつらうつらしたものの、遂に寝入ることは出来なかった。

「香坂様」

暗がりに密やかな声がした。

又十郎が廊下の障子を開けると、

「倅が、屋敷を出ました」

片膝を立てて座っていた団平が、囁いた。

「すぐ行く」

又十郎は、脱いでいた袴を急ぎ穿《は》いて、『加治屋』を後にしたのだった。

飯倉町通に出ると、団平が左右に眼を遣った。

「向こうです」

手で指し示すと、団平は通りの反対側へと向かった。

上杉弾正大弼家の中屋敷の西側の小路の角から、辰二郎が姿を現した。

「今しがた、この坂をふらふらと降りて行ったぜ」

辰二郎が坂の下の暗闇を指さして、

「岡場所に行くのかもしれねぇな」

「この下の市兵衛町《いちべえちょう》に岡場所がありまして」

と、団平が付け加えた。

「あとはおれが」

低く声に出すと、又十郎は坂を下り始めた。

左へと延びる小路を一つ過ぎたところで、笠を被った侍の後姿が一つ先の小路を左に入るのが見えた。その左手には、提灯が下がっている。

先日眼にした、板倉左馬之助の体格そのものだった。

先を行く左馬之助は小路の角を三つ曲がり、やがて通りに出ると、ゆっくりと右に折れた。

通りに出る角で立ち止まった又十郎が辺りに眼を遣ると、軒行灯《のきあんどん》の明かりが灯る鄙《ひな》びた岡場所だった。

通りに出た又十郎は、左右の妓楼《ぎろう》を眺めながら歩を進める左馬之助の後ろに続いた。

ある一軒の妓楼の前で、左馬之助がふっと足を止めて見上げた。

雨戸が閉められていず、その上、障子が大きく開けられた二階の部屋を左馬之助がじっと見ていた。

すると、障子の開いた部屋のすぐ下に近づいた左馬之助が、提灯を持った手を後ろに引いた。

提灯を部屋に投げ入れようという動きだった。

「なにをする」

声を掛けて、又十郎は左馬之助に駆け寄った。

左馬之助が、笠を付けた顔を少し持ち上げ、左手の提灯を又十郎の方に近づけた。

提灯の明かりが、笠の下の左馬之助の顔をぼんやりと浮かび上がらせた。

思いのほか、端正な顔つきだった。

「誰だ」

左馬之助が冷ややかな声を発した。

「十日ほど前、四之橋で剣を交えた者だ」

又十郎が打ち明けると、かっと刮目《かつもく》した左馬之助の顔が狂気を孕んで歪んだ。

「上屋敷の家老どもに命じられた刺客か！」

そう叫ぶと、

「おれに近づくな」

と、左馬之助が提灯を突き出した。

「こっちに来たら、提灯をこの二階に投げ入れる。障子紙に燃え移って、あっという間に火事になるぞ。ふふふ。近くには大名家の屋敷もある。御先手組《おさきてぐみ》の組屋敷もある。それが燃えたら壮観だろうよ。めらめらと、辺り一面に燃え広がる」

笠の下で、左馬之助が舐めるように舌を動かした。

「お前には礼を言った方がいいな。右腕を使えなくしてくれたおかげで、火を点けるという、面白い遊びを見つけられたからな」

又十郎が微かにジリッと間合いを詰めた。

「妓楼に火が点けば、見ものだぞ。裸の男と女が、我先にと表に飛び出してくること請け合いだ。風が、南から北へと吹けば、溜池《ためいけ》から日比谷《ひびや》、桜田、日本橋と、江戸が燃える。うふふふ」

笑みを浮かべたかと思うと、左馬之助が左手の提灯を二階へと投げた。

咄嗟に脇差を鞘ごと抜いて投げると、部屋に飛び込む寸前、提灯の持ち手に当たって、脇差と提灯は地面に落ちた。

間髪《かんはつ》を容《い》れず、又十郎が鯉口《こいくち》をきる。

茫然《ぼうぜん》と突っ立った左馬之助の腹に、又十郎が太刀を突き入れると血しぶきが上がった。

その時、ぼっと、落ちた提灯から火の手が上がった。

腹を押さえて二、三歩よろけた左馬之助が、膝を折り、そして、地面に突っ伏した。

「おのれ！」

張り裂けるような声がして、建物の隙間に潜んでいた人影が三つ飛び出して、一人は左馬之助の傍に座り込み、二人が又十郎に刀を向けた。

三人とも、二十代半ばの若侍だった。

四之橋で見かけた三人かもしれない。

「お可哀《かわい》そうに」

左馬之助の傍に座り込んだ小柄な侍が、声を絞り出すと、

「辻斬りめが、主の仇《かたき》を取る」

刀を向けた体格のいい侍が、じりっと又十郎に迫った。

「馬鹿者」

又十郎は、思わず叫んだ。

「板倉左馬之助を心底主と思うなら、家臣のお前たちが諫《いさ》めんでどうする！」

又十郎の言葉に、三人の侍が立ちすくんだ。

「可哀そうだと思うなら、もっと前に悪事をやめさせるべきだった！　主がこのような破目《はめ》に到ったのは、周りの者にも責があるのだぞ」

言うだけ言うと、又十郎は脇差を拾い上げ、左馬之助に一瞥《いちべつ》をくれると岡場所を後にした。


『源七店』の井戸端で洗濯した又十郎は、下帯を絞ったものの、物干しに干すのを躊躇った。

麻布で左馬之助を刺した翌々日の昼前だった。

神田八軒町界隈は、昨日から盛んに雷鳴が轟《とどろ》いている。

「梅雨明けが近いという合図ですよ」

夜鳴き蕎麦屋の友三は、昨日そう口にして屋台を担いで仕事に出た。

又十郎は迷った。物干しに掛けて、突然の雨に降られたのではたまらない。

下帯を入れた桶を手に、家の方へ向かいかけた又十郎が、足を止めた。

木戸の外に立った伊庭精吾が、付いて来るよう、笠を被った顔を動かした。

家に戻って桶を置き、刀を手にして『源七店』を出ると、又十郎は、前を行く伊庭に追いついて並んだ。

伊庭は、神田川に架かる和泉橋の袂で立ち止まった。

「嶋尾様からだ」

伊庭が、懐から出した紙包みを又十郎に差し出した。

受け取った手に、一両ほどの重みを感じた。

「板倉家から公儀に、板倉左馬之助が病死した旨の届け出があったそうだ」

そっけない物言いをして、伊庭はそのまま和泉橋を渡っていった。

又十郎が紙包みを開くと、中にはやはり一両があった。

久しぶりに太吉たちのいる築地に行って、昼餉を共にしよう——腹の中でそう決めた又十郎は、和泉橋を渡った。

柳原土手を両国の方へ向かった又十郎は、鈴を振りながらやって来た、女五人のお遍路とすれ違った。

お遍路の口から、微かに御詠歌《ごえいか》が聞こえた。

板倉左馬之助の野辺送り《のべおく》は済んだのだろうかという思いが、ふっと又十郎の頭を過った。

第三話　下屋敷の男

一

長火鉢の脇にごろりと横になった又十郎《またじゅうろう》が、ぼんやりと路地を眺めていた。

土間の格子窓の外に、依然、雨が降っていた。

昨日の夕刻、波除稲荷《なみよけいなり》からの帰り道で雨に降られた。

梅雨明けが近いはずなのに、しとしとと、なんとも歯切れの悪い雨が今朝になっても降り続いているのだ。

とっくに朝餉《あさげ》を済ませたものの、その後何もする気になれず、一刻《いっとき》（約二時間）余りも板張りでごろごろしていた。

五つ（八時頃）の鐘を聞いてから、半刻（約一時間）が過ぎた時分かもしれない。

隣に住む飛脚の富五郎《とみごろう》とその娘のおきよが仕事に出掛けた六つ（六時頃）に比べたら、幾分、雨勢が衰えたように思える。

神田八軒町《かんだはちけんちょう》の『源七店《げんしちだな》』は静かだった。

富五郎父娘《おやこ》は仕事に出かけたが、船頭の喜平次《きへいじ》も針売りのお由《よし》も、出かけた気配はなかった。

又十郎は昨日、一両を手にした。

浜岡《はまおか》藩江戸屋敷の目付、嶋尾久作《しまおきゅうさく》の命によって手に掛けた、いわば人斬り代だった。

斬った相手は、大名が側妾《そばめ》に産ませた若侍だったが、家を継ぐ目を失ってから心が荒《すさ》み、死罪になってもおかしくない悪行を重ねていた。

国元で奉行所務めをしていた時分は、死罪と決した刑人の首を刎《は》ねる同心頭《どうしんがしら》の身分だったが、今の又十郎は、ただの浪人である。

役目を負わない人斬りは、辻斬りと言われても仕方のない所業のように思えた。

一両を手にした又十郎は、木挽町《こびきちょう》築地《つきじ》の波除稲荷で暮らす孤児《みなしご》たちの所に足を向けた。

孤児《みなしご》五人と語らって行楽地に繰り出し、散財してしまおうという腹だった。

「近くの飯屋に行って、昼餉を食おう。おれが奢《おご》る」

まずは腹ごしらえと、又十郎が持ちかけたのだが、五人の反応は鈍かった。

「飯に金を使うのは勿体《もったい》ねぇよ」

一番年かさの太吉《たきち》から、窘《たしな》めるような物言いをされて、又十郎は慌ててしまった。

又十郎から真っ当に稼げと言われて以来、捕った魚やあさりなどを売って、儲けの一部を貯めているのだと太吉が打ち明けた。

銭を入れる細い穴を開けた孟宗竹《もうそうちく》の筒を、十二になる捨松《すてまつ》が見せてくれた。

又十郎が軽く振ると、筒の中で銭のぶつかる音がした。

「金が貯まったら、みんなに手習いや算盤《そろばん》を習わせて、お店奉公《たなぼうこう》くらい出来るようにさせたいんだ」

と、太吉が眼《め》を輝かせた。

「金が貯まったら、みんなで住める家を借りるんだ」

一番年下の平助がそう言って、でれっと目尻を下げた。

「分かったよ」

又十郎は、昼餉を奢るのはやめて、竹筒に四十文（約千円）を入れることにした。

竹筒から銭の落ちる音がするたびに、五人から笑みが零《こぼ》れた。

又十郎は、一両を散財することなく、波除稲荷を後にしたのだった。

「茶でも飲むか」

声に出した又十郎が体を起こした時、路地から戸の開く音がした。

戸を開けて路地に首を伸ばすと、はす向かいの住人、友三《ともぞう》が雨空を見上げていた。

「今日の雲行きはどうだろうね」

又十郎は、小雨の降る路地に出て声を掛けた。

「昼頃には上がるような気がしますがね」

友三から、心強いご託宣が出た。

道端に屋台を出して商う者にとって、雨風は大いに気になることだから、友三の見立てには信用が置けた。

「さてと、商いの支度だけはしておきますか」

そう口にすると、友三は、又十郎に一礼して家の中に入って行った。

又十郎も家の中に戻り、竈《かまど》の前に腰をかがめて、火熾《ひおこ》しの支度に取り掛かった。

嶋尾久作からの用事がなければ、一日をだらだらと過ごすほかない身の上だった。

晴れていれば釣りに行けるが、こんな雨の日は、己を持て余して落ち着かない。

おれはいったいどうなるのか——つい、そんなことを考えてしまう。

おれの拠《よ》り所はどこに在るのか――浮草のような己が、はなはだ心もとないのだ。

粗朶《そだ》に火を点《つ》けたものの、釜を載せた竈からは煙だけが立ち昇った。

火吹き竹で息を吹き掛けると、やがて、ぼっと、炎が立った。


八つ半（三時頃）頃になって、雨が上がった。

やはり、友三の見立ては当たった。

雨が上がるとすぐ、『源七店』の路地に日が射した。

その途端、あちこちから戸の開く音がした。

「お出かけかい」

大家の茂吉《もきち》の声に、

「晩の買い物をしないとね」

そう返事をしたのは、富五郎の女房のおはまだ。

「湯屋かい」

喜平次の声がすると、

「雨上りは蒸すからさ、ひとっ風呂浴びてから『善き屋《よや》』の仕事さ」

そう返答したお由が、下駄を鳴らして木戸の方へと去って行った。

今晩はどうするか――そう呟《つぶや》いて、寝転んでいた又十郎がもそもそと起き出した。

釜には、朝炊いた飯が残っているが、魚も豆腐も漬物もなかった。

又十郎が晩飯に思いあぐねていると、

「いたね」

外から戸が開いて、喜平次が顔を突き出した。

「香坂《こうさか》さん、どこかに遊びにいきませんか」

土間に足を踏み入れた喜平次が、いきなり持ちかけた。

「仕事には行かないのか」

「雨が上がったといっても、この時分からじゃ、船遊びをしようって客なんかいるもんじゃありません」

そう言い切ると、框《かまち》に腰掛けた喜平次が足を組んだ。

「あてはあるのか」

「川を渡って、深川《ふかがわ》辺りはどうかね。あすこにゃ、大層な金がなくったって遊べるところがいろいろとあるんですよ。賭場にしろなんにしろさ」

喜平次が、賭場の他に何を言おうとしたのか、又十郎にもうっすらと分かった。

深川は岡場所があることでも名をはせていた。

岡場所はともかく、遊びという響きに又十郎の心が動いた。

嶋尾久作の呪縛から今すぐ逃れられるならともかく、ここに至っては、うだうだと思い悩むより、流れに身を任せてみるのも一興かもしれなかった。

西の空の夕焼けが色あせる時分、又十郎と喜平次は永代橋《えいたいばし》を渡った。

「小さな店ですが、料理の美味《うま》いところがありますから、そこに」

橋を渡ると、喜平次は永代寺門前仲町《もんぜんなかちょう》へ足を向けた。

賭場に行く前に腹ごしらえをすることは、『源七店』を出る時から申し合わせていた。

馬場《ばば》通の一ノ鳥居を過ぎて、堀沿いの道を左に曲がったところで、

「ここです」

喜平次が、堀に面して建つ飯屋の縄暖簾《なわのれん》を分けて、先に又十郎を店の中に入れた。

中は八畳ほどの板張りがあって、鉤《かぎ》の手に曲がった土間の奥に板場があった。

「上がるよ」

喜平次が奥に声をかけると、

「久しぶりだね」

板場から出てきた老婆が、喜平次に声をかけて、上がるよう手で指し示した。

「酒を冷やで二本と、食い物は親父《おやじ》に任せるよ」

老婆にそう注文すると、

「香坂さん、それで構わないね」

と、喜平次が伺いを立てた。

「うん、それでいいよ」

そう返事をすると、

「承知した」

板場から、しわがれた男の声がした。

「ここの偏屈親父だ」

喜平次が板場に届くような声を出した。

又十郎は笑みを浮かべると、小ぎれいな店内を見回した。

ほのかに漂う出汁《だし》や煮炊きの匂いが、料理の旨《うま》さを感じさせる。

「はい、お待たせ」

老婆が、徳利《とっくり》を二本置いて、板場に戻った。

又十郎と喜平次は、手酌《てじゃく》で飲んだ。

「深川には、たまに来るんですかい」

「いや。滅多に」

又十郎は手を打ち振った。

「仙台堀《せんだいぼり》で香坂さんとばったり会ったのは、いつでしたかね」

盃《さかずき》を口に運びかけた喜平次が小首を傾《かし》げた。

「先月、いや、四月の中頃だったか」

又十郎の記憶もおぼろだった。

深川に足を踏み入れたのは、それ以来のことだった。

開けっ放しの戸からゆらりと風が入り込んできた。

磯の匂いが微《かす》かにした。

又十郎と喜平次の前に料理の皿と小鉢が三つ運ばれて来た頃、紺の半纏《はんてん》を羽織った職人らしき男が二人、外から入って来て、板張りに上がった。

店の表の堀端が、さっきよりもだいぶ暮れていた。


深川入船町《いりふねちょう》界隈は夜の帳《とばり》に包まれていた。

一刻近く飲み食いをした又十郎と喜平次は、馬場通へと引き返し、富岡八幡宮《とみがおかはちまんぐう》前を右に曲がった。

その先の、大島川《おおしまがわ》に架かる蓬莱橋《ほうらいばし》を渡って左に曲がった先が、深川入船町だった。

深川入船町の南側には海辺新田《うみべしんでん》があり、その先が深川沖である。

磯の匂いを嗅ぎながら秋葉社《あきばしゃ》の前を過ぎ、川に沿って道を弧状に曲がった先に、何の変哲もない黒々とした一軒家があった。

家の中にも、周りにも明かりはなかった。

川の対岸の汐見橋《しおみばし》や材木置き場に立つ常夜灯の明かりが、微かにまたたいていた。

一軒家の暗がりから、突然、人影が一つ現れた。

「どちらへ」

見張りらしく、影の男が低い声を発した。

「おれだよ」

喜平次が返事をすると、見張りの男が顔を近づけて、

「喜平次さんか」

そう呟くと、先に立って建物の方へ案内した。

見張りの男が、板戸を密やかにこつこつと叩《たた》くと、潜《くぐ》り戸《ど》が内側に小さく開いた。

「喜平次さんとその連れだ」

見張りの男が中に囁《ささや》くと、潜り戸が大きく開かれて、又十郎は喜平次に続いて家の中に入り込んだ。

入ってすぐの辺りは暗かったが、土間を上がった先の、閉め切られた襖《ふすま》の隙間から洩《も》れた明かりが、暗い廊下に伸びていた。

「こちらへ」

潜り戸を開けた男が、又十郎と喜平次を案内して廊下を進んだ。

「おれら、盆茣蓙《ぼんござ》じゃないからね」

喜平次が呟くと、頷《うなず》いた案内の男は廊下の右側の襖を開けて、二人を中に通した。

「こちらです」

「ありがとよ」

喜平次は、案内の男に礼を言うと、

「しばらく様子を見ましょう」

又十郎を促して、部屋の隅に座り込んだ。

六畳ほどの部屋二つの襖を取っ払って一間にしたところに、幾つかの人の輪が出来ていた。

「廊下の向こう側の盆茣蓙は、一両（約十万円）二両、たまには十両って金が動きますが、ここは十文（約二百五十円）二十文でも遊べるんですよ」

喜平次の言う通り、一つの人の輪でやり取りされているのは五文とか十文くらいだった。

「香坂さん、博奕《ばくち》をやったことは」

「いや。国元で、仲間と遊んだことはあるが」

又十郎はあとの言葉を濁した。

賭場に足を踏み入れたことは、これまで一度もなかった。

博奕は天下の御法度《ごはっと》である。

奉行所同心頭の又十郎は、江戸に来るまで、取り締まる側にいたのだ。

「あそこでやってるのが、チョボ一って遊びです」

喜平次が指さした方では、五人の男が、一から六までの数字の書かれた紙を囲んでいた。

「これは胴元と客の勝負でしてね。使うのは賽子《さいころ》一つ。客はここぞと思う数字の所に賭け金を置く。勝った客は、胴元から賭け金の四倍を貰《もら》い、負けた者は賭け金を取られるという、まことに簡単な賽子遊びです」

と、喜平次が説明した。

「あれ、喜平次じゃねぇかい」

少し離れた人の輪から、日に焼けた男が上体を捻《ひね》ってこっちを見ていた。

「おう」

喜平次が軽く手を上げると、男が、すぐ隣の法被《はっぴ》を羽織った男の肩を叩いた。

法被の男も体を捩《よじ》ると、

「お」

と、喜平次に笑みを向けた。

その時、

「てめぇ、何を言いやがる」

廊下を挟んだ向こうの部屋から、怒鳴り声が上がった。

物の転がる音や、慌ただしい足音もした。

「これがいかさまじゃなきゃ、どれがいかさまだと言うんだよ！」

「なんだと！」

盆茣蓙の部屋で怒鳴り声が交錯したかと思うと、

「殺してやる」

という、物騒な叫び声も上がった。

「お客さん方、今日は終《しま》いにして、早く逃げておくんなさい」

胴元の若い衆と思《おぼ》しき男が飛び込んできて、そう叫んだ。

その時、盆茣蓙の部屋の襖が廊下に倒れて、男が転がり出た。

「香坂さん、逃げますよ」

喜平次が腰を上げて、廊下へ飛び出した。

又十郎もその後に続いた。

出口に向かいながら、又十郎は、盆茣蓙の部屋で匕首《あいくち》を抜いた男同士が睨《にら》みあっているのを、眼の端に捉えていた。

二

永代寺門前町の居酒屋は賑《にぎ》わっていた。

涼みに出てきた連中や、これから女遊びをしようという男どもが気炎を吐いていた。

賭場を飛び出した又十郎と喜平次は、共に逃げてきた男二人と蓬莱橋の袂《たもと》で鉢合わせをした。

賭場で顔を合わせた喜平次の知り合いである。

「しょうがねぇから、酒でも飲むか」

日に焼けた男の申し出に、又十郎も喜平次も乗って、もう一人の男共々、居酒屋に転がり込んだのだった。

「こいつは渡り中間《ちゅうげん》の常次《つねじ》で、こっちは霊岸島《れいがんじま》の人足の丈助《じょうすけ》です」

酒が運ばれてくると、喜平次が二人の知り合いを又十郎に紹介した。

渡り中間というのは、決まった武家に雇われているのではなく、期限を切って大名屋敷で働く奉公人で、出替《でかわ》りとも呼ばれていた。

常次が羽織っているのは紋付法被《もんつきはっぴ》というもので、いま奉公しているお家の家紋が染め抜かれていた。

丈助は、諸国から江戸に着いた船荷を下ろしたり、出て行く船に荷を積み込んだりする船人足で、その仕事柄、日に焼けていた。

二人とも、喜平次が賭場で知り合った男だと言った。

「この人は、同じ長屋の住人の香坂又十郎さんだ」

喜平次が、常次と丈助に又十郎を指した。

「ご浪人とお見受けしますが、つい最近まではどこかの家中に勤めておいでしたね」

常次が、ずばりと言い当てた。

浪人にはなったが、月代《さかやき》の髪もまだ伸びきらず、宮仕えの名残《なご》りがあった。

「こう見えても、この人は釣りが好きでな。魚も捌《さば》けるという、さばけたご浪人なんだぜ」

喜平次の物言いに、常次と丈助がフフと笑って盃を呷《あお》った。

「そうだ。この前会ってもらった『伊和井《いわい》』の女将《おかみ》さんは、香坂さんの人柄にも参っちまって、いずれは必ず板場に迎えたいって言ってましたよ」

そう口にすると、喜平次が又十郎に酒を勧めた。

又十郎は素直に受けた。

四人が座っているところに、料理の皿が運ばれて来た。

こんにゃくと牛蒡《ごぼう》の煮付け、瓜《うり》と若布《わかめ》の酢の物、それに豆腐と焼き茄子《なす》だった。

「しかし今夜は、いい目が出てたのに、あの騒ぎじゃな」

煮付けに箸を付けた丈助が、愚痴った。

「町場の賭場にゃ、こういうことがあるから気が気じゃねぇんだ」

盃に酒を注《つ》ぎながら、常次がため息をついた。

「鉄火場というくらいだから、賭場で揉《も》め事が始まれば、火の点いた鉄はすぐには冷めねぇから始末が悪い」

丈助が、口から唾を飛ばして吠《ほ》えた。

「下手すりゃ、役人に踏み込まれるってこともあるしな」

そう口にして、喜平次が盃を呷った。

「それに比べたら、お屋敷の賭場は安心だ」

「お屋敷とはなんだね」

又十郎が、常次に尋ねると、

「大名屋敷のこってすよ」

平然として答えを返した。

まさか――又十郎は腹の中で呟いた。

御法度の博奕が、大名家の屋敷で行われているということが、又十郎には思いもよらないことだった。

「大名屋敷といっても、下屋敷ですよ。そこの中間部屋じゃ、よく賭場が開かれるんですよ。な」

喜平次が声を掛けると、常次が頷いた。

諸国大名の江戸屋敷は、上、中、下屋敷があり、江戸城の近くにあって、政務を行う上屋敷には藩主とその妻、家臣が住んでいるのだと、常次が話し出した。浜岡藩士だった又十郎は先刻承知だったが、ここは黙って聞いていた。

中屋敷は藩主の別邸のようなもので、隠居した元藩主や次期藩主が住んで、遊興と交流の場となっている。

下屋敷は国元から運ばれてくる産物、物資の保管場所の色合いが強かった。

そこには、庭園もあり、米蔵、味噌蔵《みそぐら》などの蔵も建ち並び、馬小屋、鍛冶場《かじば》、畑などの農地もあった。下屋敷の多くが江戸の郊外にあるのは広大な敷地を要したからである。

「おれも下屋敷の中間部屋に詰めているが、家臣の方々は、普段なにもすることがないんだよ」

常次はそう口にした。

災害時、藩主の家族の避難所になったり、参勤で江戸に来た家臣の宿舎になったりするとき以外、下屋敷が繁忙になることはなかった。

そのうえ、江戸の郊外にある下屋敷には監視の眼など届かず、賭場を開いても障りがなかった。

「下屋敷の様子にうすうす気付いていてはいても、上屋敷の連中は見て見ぬふりをしてるのさ。博奕をすれば場所代が入るしね」

常次が雇われている大名家の下屋敷でも、たまに賭場が開かれるという。

「おれらにすりゃ、博徒の賭場より安心なのがいいね」

そう言って、丈助が料理を口に入れると、

「そりゃそうだ。さっきみてぇに、破落戸《ごろつき》どもが暴れるってことがない」

常次が胸を張った。

「下屋敷の賭場で揉め事が起きたら、屋敷に詰めてる侍が刀引っ提げて乗り込んで来るからね」

笑みを浮かべた喜平次が、又十郎に解説をした。そして、

「おれの漕ぐ船に乗ったお人に聞いた話だがね」

そう前置きした喜平次が、

「千代田《ちよだ》のお城の門番を務める番頭《ばんがしら》役が、休息所を博奕場として貸してたらしいぜ」

周りを憚《はばか》って声を低めた。

その門というのは、内桜《うちさくら》田門《だもん》のことで、門番を受け持っていたのは松平《まつだいら》主殿頭《とのものかみ》家の番頭役だった。

登城日となると、各藩の行列が城に集まり、藩主が下城するまで供の者は門外で待たなければならない。

供の者も門番も暇を潰せるというので、内桜田門は重宝がられたらしいと喜平次が口にした。

「ここんとこ、大名家の台所は火の車らしいね。屋敷に女を抱え込んで女郎屋まがいのことをしている旗本もいるっていうから、それに比べたら、下屋敷で賭場を開くのは真っ当な稼ぎ方だ」

常次がそう締め括《くく》った。

「それは、その」

そこまで口にして、又十郎は言い淀《よど》んだ。

それは浜岡藩も同じだろうかと、問いかけようとしてやめたのだ。

「火の車っていうのはよく分かるんだ」

「それはなんでだよ、丈助」

少し酒に酔った喜平次が軽く口を尖《とが》らせた。

「諸国の大名家が、国の産物を江戸や大坂で売り込むのに必死なんだ。そのために、あちこちに会所を置いてるそうだ」

諸国の産物を積んだ船が、品川《しながわ》、霊岸島などで荷を下ろすのをよく眼にすると、丈助が胸を張った。

「どのあたりからの船が来るんだ」

又十郎は、思わず丈助の方に身を乗り出した。

「そりゃ、あちこちから来ますよ。出羽《でわ》、越前《えちぜん》、越後《えちご》、薩摩《さつま》や肥前《ひぜん》、伯耆《ほうき》に石見《いわみ》」

「石見からも」

又十郎の声がかすれた。

「うん。石見からの船も見た」

「石見の、それは、浜岡の船だろうか」

又十郎の問いかけに、丈助は、「さぁ、どうだったか」と呟いて、首を捻った。

そして、

「あちこちから来る船の水主《かこ》には顔見知りになった者もいるから、その、浜岡の船のことを聞いてみようか」

丈助はそう請け合ってくれた。

「いや。それはまたいずれ」

立ち入りすぎた気がして、又十郎は尻込みをしてしまった。

半刻ばかりで、二合徳利が二本と料理の皿が空になった。

「博奕に注ぎ込むはずだった金が手元にあるからよ、これから土橋《どばし》あたりに繰り込もうじゃねぇか」

喜平次が口にした地名に、又十郎は聞き覚えがあった。

深川七場所と言われる岡場所の一つだった。

「いいねぇ」

丈助が声を上げると、常次もその気になった。

「おれは、遠慮して、神田に戻ることにする」

「香坂さんどうして。金の心配かい」

「いや。今夜はどうも、その気になれんのだ」

又十郎がそう答えると。

「堅いっ。堅すぎる」

喜平次が吠えた。


夜明けと共に神田八軒町の『源七店』を出た又十郎は、釣りに出かけた。

釣り糸を垂らしたのは、木挽町築地の南飯田河岸《みなみいいだがし》である。

深川の賭場で喧嘩《けんか》に遭遇してから、三日が経っていた。

一刻半（約三時間）経っても釣果は伸びず、又十郎は帰途についた。

早朝通った時、新川《しんかわ》や越前堀《えちぜんぼり》は出入りする小船が戦でもするように行き交い、荷を積み下ろす人足たちの威勢のいい声が響き渡っていた。

岸辺の通りは荷を積んだ荷車が走り、そこを縫うように棒手振《ぼてふ》りも走っていた。

だが、四つ（十時頃）ともなると霊岸島は落ち着きを取り戻していた。

越前堀に架かる高橋《たかはし》を渡った又十郎は、越前福井藩、松平越前守家中屋敷に繋《つな》がる小路へ、初めて足を向けた。

屋敷の南側の東湊《ひがしみなと》河岸に突き当たると、西へ曲がり、円覚寺門前を右に折れた先が新川の方角と思われた。

松平家中屋敷の西方にある銀町《しろがねちょう》に差し掛かった時、又十郎がふっと足を止めた。

東湊河岸から続く堀沿いの商家の掛け看板に『石州《せきしゅう》　浜岡　丸屋《まるや》』の文字があった。

『石州』は石見国のことであり、浜岡は、浜岡藩の城下町の名である。

さらに『丸屋』は、城下町の西方の浜岡浦に本拠を置く廻船《かいせん》問屋の老舗だということは、奉行所の町廻《まちまわ》り同心だった時分から、又十郎は承知していた。

ここにあったのか――又十郎は、腹の中で呟いた。

以前、霊岸島を歩いたときには、見つけ出すことが出来なかった店である。

先夜、石見からの船も来ると言った丈助の言葉を思い出した。

江戸と浜岡には海の道があるのだと、又十郎はしみじみと実感した。

又十郎はその時、おれが生きているということを、なんとか妻の万寿栄《ますえ》に知らせたいという衝動に駆られた。

だが、ここで今『丸屋』に足を踏み入れることや、文を託すことは自制しなければならない。

以前、飛脚屋に頼んだ文は嶋尾久作の手の者によって見つかり、万寿栄の元に届くことはなかった。

心が急《せ》いたり、焦ったりするのは禁物である。

ほんの少しの油断も見逃さない嶋尾久作の眼は、決して侮れなかった。

魚籠《びく》と釣り竿を持つ手を替えた又十郎は、足を止めたのはさも持ち手を替えるためだったという風を装い、『丸屋』の前からゆっくりと離れた。


その日の夕刻、又十郎は、和泉橋《いずみばし》の北側、袂の近くにある居酒屋『善き屋』の暖簾を潜った。

南飯田河岸から持ち帰った僅《わず》かな魚は、隣家の富五郎の家と夜鳴き蕎麦《そば》屋の友三に分けてやった。

「いらっしゃい」

お運びをしていたお由が、開けっ放しの戸口から店に入った又十郎に声をかけた。

「板張りでも構いませんか」

お由が、珍しく客で埋まっている小島に顔を向けた。

土間の右側に、大人二人が向き合って飲むには丁度良い、畳一畳ほどの矩形《くけい》の板張りが、入り口から奥の板場の間に三つ、まるで小島のようにあるのだ。

その小島を又十郎は気に入っていたのだが、先客が居ては仕方がなかった。

又十郎は、酒を注文すると、土間の左手の板張りに上がり、板場に近い所に腰を下ろした。

六つ半（七時頃）時分の客の多くは仕事帰りの職人や近所の長屋に住む独り者などで、時が経てば、武家屋敷の宿直《とのい》の侍や中間、遊び帰りの男どもで混み合う。

「お待たせを」

お由が、徳利と盃の載ったお盆を又十郎の前に置いた。

「肴《さかな》はどうしますか」

「喜平次が来てからにするよ」

「来るんですか、喜平次さん」

そう言うと、お由は徳利を手にして酒を勧めた。

「すまん」

と、又十郎が盃を差し出した。

「六つ半までに帰って来たら、『善き屋』に来てくれと伝えてもらいたい」

又十郎は、大家の茂吉に言付けをして『源七店』を出て来た。

従って、喜平次が来るかどうか分からない。

「昨日の朝、井戸端で喜平次さんに会ったら、香坂さんのことをぼやいてましたよ」

「なんと、口にしていました」

「香坂さんは、堅すぎるって」

お由はそう言うと、

「岡場所に行くのを断ったんですってね」

と、耳元近くで囁いた。

又十郎は、苦笑を洩らして盃を口に運んだ。

又十郎が岡場所へ行くのを断ると、

「香坂さんを置いて行けば、おれは冷たい男と思われかねない」

そう言って、喜平次も岡場所に行くのをやめて、その夜は二人で『源七店』に戻ったのだった。

「奥方に操《みさお》を立てておいでですか」

「いや。遊びに慣れていないのだよ」

「それは、案外でしたねぇ」

そう口にして笑うと、お由が腰を上げた。

「来ましたよ」

お由の声に、又十郎が顔を向けると、戸口から入って来た喜平次が土間の小島の方に眼を遣《や》っていた。

「香坂さんは向こうだよ」

お由に言われた喜平次が、又十郎のいる板張りに上ってきた。

「大家さんから言付けを聞いたよ」

座るなり、喜平次が口を開いた。

「注文を聞いておきましょうか」

喜平次の盃を持ってきたお由が、二人の傍《そば》で片膝をついた。

奴《やっこ》豆腐と炒《い》り豆腐、鯔《ぼら》の南蛮煮と葉生姜《はしょうが》を口々に頼むと、少しお待ちをと言って、お由は立ち去った。

「喜平次に頼みがあるんだ」

又十郎は、酌をしようと徳利を差し出した。

「悪いね」

と口にして差し出した喜平次の盃に、又十郎が注いだ。

くいっと一気に酒を呷った喜平次が、

「聞きやしょう」

と、少し改まった。

「なにも改まるほどのことじゃないんだが、この前、賭場の帰りに深川で飲んだ、船人足の丈助に会いたいんだよ」

又十郎は、喜平次に打ち明けた。

「諸国からやってくる水主に知り合いがいると話していたからね」

「へぇ。水主に会ってどうしようというんですか」

喜平次が、きょとんとした面持ちで又十郎を見た。

「石見国にいる知り合いに、江戸の物を送りたいのだが、そちら方面の水主に伝手《つて》がないかと思ってね」

「伝手があればどうするんです」

「江戸から国に帰る時に、運んでもらえば、江戸から送るより安く済むのではないかと考えたわけだ」

又十郎は、そう言い逃れた。

「香坂さん、それはいいところに眼を付けたね」

喜平次は、感心したように声を潜めると、又十郎に酒を勧めた。

「すまん」

又十郎は盃を差し出して、喜平次の酌を受けた。

「それで、江戸の物というと？」

「江戸土産だよ」

「相手は男ですか、女ですか」

喜平次は、好奇心を旺盛にしていた。

「わたしの妻だよ」

又十郎は、さらりと口にした。

「奥方かぁ。だとしたら、さしずめ、櫛《くし》、簪《かんざし》が無難だね。あとは、白粉《おしろい》、半襟、反物《たんもの》。絵《え》草紙《ぞうし》、錦絵《にしきえ》の類もあるね」

「櫛にするよ」

又十郎が返事をすると、

「だったら、買った小間物屋からじかに送ってもらえばいいじゃありませんか」

喜平次が当たり前のように口にした。

江戸の小間物屋が西国へ届けてくれるなど、又十郎には思いもしないことだった。

「なに、そういう飛脚があるかどうかは俺も知らないよ。ただ、富五郎さんとこの娘のおきよちゃんが奉公してる、日本橋の小間物屋『丹後屋《たんごや》』ね。そこは、京の都にある『丹後屋』の江戸店《えどだな》なんですよ」

話の意図が分からず、又十郎は黙って喜平次の顔を見詰めた。

「ということは、江戸と都の間を、奉公人や品物が頻繁に行き来してるはずなんだ。とすればだ。江戸で買った櫛を、都に運んでもらい、そこから石見なら石見に送れば、安くつくと、おれはそう見るがね」

どうだと言わんばかりに胸を張った喜平次が、盃を呷った。

「一度、おきよちゃんに聞いてみることにするよ」

呟くように言うと、又十郎は、盃をゆっくりと口に運んだ。

三

日本橋の表通りを歩くのは久しぶりのことだった。

木挽町築地に釣りに行くときは、小伝馬町《こでんまちょう》を抜けて霊岸島へと向かう道を通っていた。

日の昇った表通りは、買い物客や商家の奉公人たち、荷車や棒手振りが行き交って混み合う一方、そぞろ歩く若い娘たちの着物が華やぎを添えていた。

梅雨が明けたのかもしれない。

又十郎は、昨日の朝、富五郎とともに仕事に出かけようとしていたおきよに相談を持ち掛けた。

話の内容は、二日前、喜平次が『善き屋』で口にした品物の送り方が、果たして出来るのかどうかだった。

「お店の人に聞いておきます」

そう請け合ってくれたおきよが、

「西国にも送れるそうです」

と、昨日の夕刻帰って来て、又十郎にそう告げた。

一度店に行って、手代の久松《ひさまつ》を訪ねるようにとも言われた又十郎は、この日、日本橋の小間物屋『丹後屋』に出向くことにしたのだった。

『丹後屋』は、室町《むろまち》三丁目の浮世《うきよ》小路《こうじ》の角にあった。

間口五間《ごけん》（約九メートル）ほどの出入り口を入ると、店の中は横に広く、奥も深かった。

店内には様々な小間物が並べられ、若い娘たちが品定めに夢中になっていた。

その中で、又十郎の風体は異様だった。

「なにかお探しでしょうか」

何人かいた手代の一人が、又十郎の傍に寄ってきて慇懃《いんぎん》に声を掛けた。

「こちらの手代に、久松さんというお人がいるはずなのだが」

「久松はわたしですが」

声を掛けてきた手代が、きょとんとした眼を向けた。

又十郎が、台所女中のおきよから聞いて来たことを告げると、

「はい。話はおきよちゃんから聞いております」

年のころ二十四、五の久松が、笑顔で会釈した。

「話によりますと、櫛をお探しだとか」

久松の応対から、おきよはきちんと話を通してくれたようだ。

「今年の干支《えと》、未《ひつじ》にちなんだものがいいのだが」

「未ですか」

呟いた久松が、櫛の並んだ台の前に立って見回した。

何枚かの櫛を手にすると、

「こちらへ」

久松が、又十郎を土間の隅の上り框に案内した。

又十郎を掛けさせると、久松は土間を上がり、板張りに何枚かの櫛を並べた。

未そのものが描かれた櫛もあれば、未の字を崩した図柄もあった。

「これは」

又十郎は、花模様の描かれた櫛を手に取った。

「あ。それは、蜜柑《みかん》の花でございます」

「未の干支と蜜柑の花が、どう結びつくのか分からんが」

又十郎が首を傾げると、

「これは、職人が遊び心を出した、いわば判じ物でございますよ」

久松が笑みを浮かべた。

「蜜柑の読み方は、みかんでして、未《いま》だ成しえていないという意味の未完と同じでございます。その未完の未は、干支ではひつじと読みます。つまり、蜜柑の花を描いて未年《ひつじどし》にしたというわけです」

久松の話を聞いて笑みを洩らした又十郎は、蜜柑の花模様の櫛を買い求めることにした。

「この櫛を西国に送ってもらえるのであろうか」

又十郎が尋ねると、

「櫛、ひとつでございますか」

久松が、驚いたように見返した。

「ひとつでは無理か」

「いえ。京の都でしたらひとつでも構いませんし、送り賃もいただきません。ですが、聞くところによれば、送り先は石見国とか」

「やはり、無理か」

「いえいえ。ひとつだけだと、都からの送り賃が割高になりますので、それでよろしいのかと」

久松が、又十郎の顔色を窺《うかが》うように見た。

櫛の値が六十文（約千五百円）で、都から石見までの送り賃が、百二十文（約三千円）になるのだという。

「それで構わん」

払えない金額ではなかった。何日か前、嶋尾から貰った一両の残りがあった。

「では、送り先をお書きください」

久松が、硯箱《すずりばこ》と紙を持って来て、又十郎の横に置いた。

石見国、浜岡、中湊《なかみなと》町、兵藤嘉右衛門《ひょうどうかえもん》殿方、香坂万寿栄――又十郎は、そう記した。

「あなた様のお名は」

「それは書かなくともよいのだ」

又十郎は、そう返事をした。

昨年の正月、白神《しらかみ》神社参詣の帰り、又十郎は万寿栄にその年の干支に因《ちな》んで、午《うま》の図柄の櫛を買ってやった。

名を記さなくとも、今年また、櫛を送れば、送り主が誰か、聡明《そうめい》な万寿栄なら必ず察してくれるはずだ。

又十郎が生きていることを知っても、決して取り乱して騒ぎ立てるような万寿栄ではない。

なにか深い事情があるのだと、そう腹に納めるはずだった。

櫛を買い求めた又十郎は、『丹後屋』の裏に回った。

台所の外に立って、中で立ち働くおきよを呼び出した。

「いろいろと口利きをしてくれて、助かったよ」

又十郎は、おきよのおかげで品物を送れることになった旨を伝えた。

「お役に立ててよかった」

おきよは、又十郎に笑みを向けた。

「ではまた」

又十郎は、台所を離れた。

昼餉を摂るには早い時刻であった。

『丹後屋』で用を済ませた又十郎は、神田八軒町の『源七店』に戻ることにして、日本橋の通りを北へと向かった。

『源七店』の木戸を潜った時、大家の茂吉の家から出てきた和助が眼に入った。

「香坂様。いま茂吉さんに言付けを頼んだばかりでした」

和助が、又十郎の前に立って、軽く会釈した。

「嶋尾様が、玉蓮院《ぎょくれんいん》で待つとのことでございます」

「刻限は」

「四つ半（十一時頃）に来ていただければとのことでしたが」

和助がそう口にした。

四つ半まではあと半刻もあった。

これからのんびり向かっても、刻限には間に合う。

日本橋の蠟燭屋《ろうそくや》『東華堂《とうかどう》』に戻るという和助と、広小路で別れた又十郎は、湯島《ゆしま》の聖堂《せいどう》と神田明神《みょうじん》の間の道を本郷《ほんごう》に向けて上った。

道々、又十郎は気が気ではなかった。

万寿栄に櫛を送ったことが嶋尾に知られたのではあるまいか。

問い詰められたら、なんと申し開きをすればよいかと思いあぐねて、足取りは重かった。

玉蓮院に着いて案内を乞うと、いつも応対に出る若い僧が、又十郎を茶室へと案内した。

茶室に通されたのは、初めてのことだった。

茶室にはすでに、嶋尾久作が座っていた。

「長屋に居《お》ったのか」

釜が掛かった風炉《ふろ》の近くから、嶋尾が又十郎をやんわりと見ていた。

なにか、探っているような気がしないでもなかった。

「いえ。出先から戻ったところ、和助が」

又十郎は、努めて冷静に返答した。すると、嶋尾が、

「たまには茶でも振る舞おうと思ってさ」

急に砕けた物言いをした。

「は」

又十郎は、中途半端な声を出してしまった。

「江戸の暮らしはどうだ」

茶の支度をしながら、嶋尾が問いかけた。

「いつまで居なければならぬのかと、そんなことを思いながら日々を送っております」

又十郎の答えに、嶋尾は顔色を変えることもなく、ふたつの茶碗《ちゃわん》に抹茶を入れた。

そして、

「国元のご妻女や、兄弟などの様子を知りたくはないか」

と話を変えた。

「妻の暮らしぶりは、知りとうございます」

又十郎は、正直に答えた。

「峰《みね》の坂《さか》の組屋敷を出たご妻女は、実家に戻られた。そこで、染め物や機織《はたお》りに精を出しておいでだそうだ。その上、染め物は、城下の小間物屋などで評判だとも聞く」

淡々と口にした嶋尾は、湯を注いだ茶碗に茶筅《ちゃせん》を立てた。

万寿栄が実家の兵藤家に戻ったのは、聞くまでもなく推測出来る。

それら国元の様子は、浜岡藩の大目付、平岩左内《ひらいわさない》から江戸にもたらされたのだろう。

左内の配下の組目付頭《くみめつけがしら》、滝井伝七郎《たきいでんしちろう》の顔が思い出された。

あぁ――嶋尾の話を聞いて、又十郎は、腹の中で安堵《あんど》の声を上げた。

脱藩者となった又十郎にも、義弟の数馬《かずま》にも、当然のことながら禄《ろく》は給付されない。

従って、妻の万寿栄も、隠居した数馬の両親にも収入の当ては無くなっていた。

そのことが、又十郎の最大の心配事だった。

万寿栄は、余技を商いにして、己と実家の二親の暮らし向きに役立てようとしているのだ。

又十郎に嫁ぐ前、機織りをして反物を売り、藩校に通う弟、数馬の勉学を助けていたと聞いたことがある。

香坂家と兵藤家を見舞った災禍に、万寿栄はひとり両足を踏ん張って立ち向かっているのだ。

その逞《たくま》しさが、ありがたかった。

頭が下がる思いがしたし、その健気《けなげ》さに、又十郎の胸は熱くなった。

その一方、万寿栄の弟、数馬を己の手で斬ったという事実が胸を締め付けもする。

「どうした」

嶋尾の声に、又十郎がふっと我に返った。

国元のことが脳裏に去来している間に、又十郎の前に抹茶の茶碗が置かれていた。

「恐れ入ります」

又十郎は、作法通り、茶碗を手にして飲んだ。

「さぞかし、われらの仕打ちには不服もあろう。理不尽とも思うだろう。それもこれも、お家安泰のためなのだ。ご公儀に対し、我が藩内にはわずかな不満もなく、内政は一に纏《まと》まっていることを知らしめなければならぬ」

そのためには、藩政の改革を標榜《ひょうぼう》する家臣を炙《あぶ》り出し、殲滅《せんめつ》しなければならないというのが、嶋尾の論法であった。

「気を揉むのはそればかりではないのだ」

そう口にした嶋尾が、小さくため息を洩らして続けた。

浜岡藩の最大の敵は、藩主忠熙《ただひろ》と反りの合わない、老中、水野忠邦《みずのただくに》だと言い切った。

以前、数馬も同じようなことを口にして、浜岡藩の置かれた立場を危ぶんでいた。

「我ら家臣は、そんな殿様を守らねばならぬ。お守りするには、なにかと金が必要になる。殿様とご同役の皆さま、若年寄、大奥への献上物にも気を配らねば、いつ何時、足をすくわれるか知れぬ」

嶋尾は、かさむ費用を捻出するために抜け荷に手を染めているのだと言いたいのだろうか。

「浜岡藩は、綱渡りをしているようなものだ。それゆえ、おぬしにも理不尽を強いている。辛抱してくれ」

そう言うと、嶋尾は、飲み終えた茶碗に湯を注いで揺すり、建水《けんすい》に汚れを落とした。

「わたしは、いつまで辛抱しなければならぬのでしょうか」

両手を太腿《ふともも》に置いて、又十郎は嶋尾を見詰めた。

「藩内から憂いが消えるまで、だな」

まるで自分に言い聞かせるように口にして、嶋尾は袱紗《ふくさ》で茶碗を拭いた。

この日、嶋尾から茶のもてなしを受けた又十郎は、玉蓮院からの帰り、行きと同じ道を戻っていた。

湯島の坂に、又十郎の影が長く伸びていた。

思いもかけず国元の万寿栄の様子が知れて、心は幾分、軽くなっていた。

坂を下り切った先の、神田旅籠町《はたごちょう》で油揚げや小松菜《こまつな》、目刺しを買い求めた。

『源七店』に戻った又十郎は、明るいうちから夕餉の支度に取り掛かって、日暮れ前には食べ終わり、鍋釜、食器も洗い終えた。

その後、川風に吹かれて夕涼みをしようと、又十郎は筋違橋《すじかいばし》を渡って、神田川の南岸を両国の方へと向かった。

日は落ちたものの、家の中には昼間の熱気が籠っていて、寝られたものではなかった。

柳橋の一つ手前の浅草橋《あさくさばし》を渡ると、今度は神田川の北岸を西に向かった。

のんびり歩いて半刻ほどで、日の暮れた昌平橋《しょうへいばし》の北詰に差し掛かった。

「お」

小さく声を出して、橋の袂に出ている友三の屋台に近づいた。

近くには常夜灯もあって真っ暗ではないが、『そば』と書かれた軒行灯《のきあんどん》が柔らかい光を放っていた。

「あら、この間のご浪人じゃないか」

声を掛けたのは、屋台近くの石に腰掛けて蕎麦を手繰《たぐ》っていた女だった。

四月の下旬、この屋台で出会った、友三がおすみと呼んだ女である。

その時、遊ばないかと声を掛けられたことを思えば、おすみの商売は恐らく夜鷹《よたか》に相違ない。

「香坂様でしたか」

屋台の陰にしゃがんで火加減を見ていたらしく、友三がゆっくりと立ち上がった。

「香坂さんていうの？」

おすみがぽつりと声に出した。

「あぁ」

又十郎が、小さく頷いた。

「蕎麦を食べに来たの？」

「いや。そうではないのだ」

おすみに尋ねられた又十郎は、夕餉の後、夕涼みがてら散策したのだと告げた。

「そうでしたか。わたしが『源七店』を出る時、茶碗などを井戸端で洗っておいででしたから」

「あれからしばらくして、出かけた」

又十郎がそう口にすると、友三が小さく頷いた。

「ご浪人、あんたがご飯の支度をするのかい」

おすみが、食べ終えた蕎麦の器を屋台の縁に置いて、又十郎に眼を向けた。

「香坂様は料理が上手《うま》いんだ」

「ということは、独り者かい」

おすみが、眼を丸くした。

「江戸では一人暮らしだ」

又十郎が返事をすると、

「そう、どこかに奥方は居るってことだ」

「おすみさん、人の詮索はおよし」

友三がやんわりと窘めた。

「違うよぉ。独り者なら押し掛けてって、上手いという料理を食べさせてもらおうと思っただけだよ」

口を尖らせたおすみを見て、又十郎と友三は顔を見合わせて、小さく微笑《ほほえ》んだ。

「それじゃわたしは」

又十郎が踵《きびす》を返すと、

「またね」

とおすみの声がした。

『源七店』に帰り着いた又十郎が、家に入って、蚊遣りを焚《た》いていると、

「どこへ行ってたんですか」

喜平次が路地から家の中に入って来た。

「さっき帰って来たら、香坂さんは夕涼みに出たよなんて、隣りのおはまさんが言うから、ほんとは飲みに行ったんじゃないかと、和泉橋の『善き屋』を覗《のぞ》いて来《き》ましたよ」

一気にまくし立てて、喜平次が框に腰掛けた。

「この前、香坂さんに頼まれたことだが、ほら、船人足の丈助に会いたいと言ってたじゃありませんか」

「うん。それで？」

又十郎は身を乗り出した。

「丈助は、香坂さんといつでも会うと言ってやした。それよりも、渡り中間の常次に会ったら、面白いことを口にしてましたよ」

「というと」

「これまで香坂さんと話をしてきたものの、お国がどこかはっきりと口にはしなかったが、この前やっと、石見国に奥方が居るということが分かった。そんな話を、今日、

常次としていたら、石見国、浜岡藩の江戸下屋敷で二、三度博奕をしたことがあるなんて思い出しやがって」

「なに」

思いがけない話に、又十郎の声がかすれた。

「して、そのお屋敷は、どこにあると言っていた」

「常次の野郎には浜岡藩の下屋敷に勤めてる、昔馴染《なじ》みの渡り中間がいて、渋谷《しぶや》くんだりまで出かけたことがあるって、そんなことを言ってましたぜ」

又十郎は、浜岡藩下屋敷が中渋谷村にあることは知っていた。

常次が渋谷に行ったと口にしたのなら、間違いなく、浜岡藩の下屋敷だろう。

又十郎の心の臓が高鳴った。

「常次に頼んで、その浜岡藩下屋敷の中間に会わせてもらいたいのだが」

そう口にすると、

「香坂さんが、直に下屋敷に行けばいいじゃありませんか」

と、喜平次の声が返ってきた。

「いや。おれが下屋敷に近づくことは、ちと憚られるのだ」

又十郎が声を落とした。

「そういうことなら、常次に頼んで、会えるよう算段させるよ」

「すまんな」

又十郎は、思わず両手を突いた。

「そんなことは、よしてくれよぉ」

片手を打ち振った喜平次が腰を上げると、

「常次から返事が来たら知らせるよ」

そう言って、路地へと出て行った。

義弟、兵藤数馬を謀反人《むほんにん》として葬り去った浜岡藩の抱える闇に、一歩近づいたような気がして、又十郎はぞくりとした。

焚いた蚊遣りの煙が、又十郎の体にまとわりついていた。

四

江戸はこの三、四日、暑さにうだっていた。

梅雨は明けたようだが、大暑《たいしょ》の時候となり、日が落ちてからも、熱気が消えない夜が続いている。

肩に釣り竿を載せた又十郎は、夜の東海道をゆったりと品川方面に向かっていた。

すっかり日は落ちて、左手の海は暗いが、沖合に漁火《いさりび》がちらほらと灯《とも》っていた。

又十郎の目的は釣りではない。

五日前、又十郎は、浜岡藩下屋敷の渡り中間への取次ぎを、常次に頼んでくれるよう喜平次に依頼をしていた。

その返事が、昨日もたらされたのである。

「常次が、明日の晩はどうかと言って来た」

又十郎は、喜平次からそう聞かされた。

ただ、浜岡藩下屋敷の渡り中間だから、渋谷から神田までは遠すぎた。

常次は、高輪《たかなわ》に下屋敷のある、駿河沼津《するがぬまづ》藩、水野出羽守《でわのかみ》家の中間なので、いっそのこと高輪で会うのはどうかと話が決まったようだ。

又十郎に異論はなかった。

この日の夕刻、釣り竿を手に『源七店』を出た又十郎は、神田川が大川に流れ込む辺りで、喜平次の猪牙船《ちょきぶね》に乗り込むと、江戸前の海へと向かった。

又十郎が浜岡藩下屋敷の中間と会うのを、横目頭《よこめがしら》、伊庭精吾《いばせいご》の手の者に見られては剣呑《けんのん》である。喜平次に頼んで、夜釣りに行く態《てい》を装うことにした。

この時期の夜釣りは、イサキが掛かる。

又十郎は、浜岡の夜の海に漕《こ》ぎ出して釣果《ちょうか》を上げたことが何度もあった。

喜平次の船は、佃島《つくだじま》を過ぎ、築地沖を進んで、芝浜《しばはま》に着いた。

そこで、又十郎は船を下り、喜平次は引き返したのだった。

高輪へと向かう道に潮騒《しおさい》が届いていた。

又十郎の行く手に、江戸の出入り口とも言える高輪の大木戸《おおきど》があった。

大木戸を通ったのは、四月の中ほど、日本橋に向かって通り抜けて以来のことだった。

常次と会うのは、高輪北町《きたまち》の東海道に面した『三栗屋《みくりや》』という居酒屋だった。

常光寺《じょうこうじ》の山門を、ほんの少し品川の方に行った辺りだと聞いていた。

聞いていた通り、旅籠と軒を並べたところに、『三栗屋』と記された提灯《ちょうちん》の下がった居酒屋があった。

「いらっしゃい」

又十郎が暖簾を割って店に入ると、器を下げていたお運びの女から、威勢のいい声が飛んで来た。

「香坂の旦那《だんな》」

男の声のした方を見ると、板張りの奥で常次が片手を上げていた。

常次の向かいに座って法被の背中を向けていた男が、又十郎の方に顔を向けて、小さく会釈をした。

土間を上がった又十郎は、常次ともう一人の男の間に腰を下ろした。

「おれの古い知り合いの、仲七郎《なかしちろう》です」

常次が、同席していた男を手で指した。

「そなたは、今も浜岡藩の下屋敷で中間を?」

「へぇ」

仲七郎は、又十郎の問いかけに頷いた。

一年を一季とする奉公の出替りは三月だが、仲七郎は長年季《ながねんき》なので、浜岡藩下屋敷の奉公は、今年で二年目だという。

「どうぞ」

常次から盃を持たされた又十郎は、そのまま酌を受けて飲んだ。

「今夜は、わざわざすまなかったな」

又十郎が声をかけると、

「とんでもねぇ」

仲七郎は、人の好《よ》さそうな笑みを浮かべて片手を打ち振った。

「浪人の香坂さんはご存じねぇかもしれませんが、お屋敷お抱えの中間と違って、渡り中間はお屋敷じゃ案外無理が利くんですよ」

常次がそう言うと、仲七郎が相槌《あいづち》を打った。

参勤の道中時も、江戸での登城時も、大名家の石高、格式によって供揃《ともぞろ》えの人数が決められている。

だが、江戸での入用金を減らすため、ほとんどの大名家は、江戸に着くとすぐ、連れてきた家臣や中間の多くを国元に帰している。

そうなると、江戸での登城の時、決められた人数に満たなくなる。

そんな時に、江戸の口入れ屋から斡旋《あっせん》された出替りの、いわゆる渡り中間に頼ることになる。

「殿様の行列が整わないと、恥をかくことになりますからね」

常次がにやりと笑った。

臍《へそ》を曲げられてはお家の恥になることもあり、大名家のお屋敷の者は雇った中間に気を遣っているようだ。

「それで、旦那はあっしにどういったご用で」

仲七郎が、又十郎に顔を向けた。

「常次は浜岡藩の下屋敷で博奕をしたことがあるそうだが、そこにはおれも行くことが出来るのか、聞きたかったのだ」

「いきなりは無理だが、おれの名を言うか、前にも来たことのある常次と一緒なら入れますよ」

仲七郎が、又十郎にそう答えた。

「ついでに聞いておきたいが、中間部屋の賭場に行くのに、屋敷に詰めている侍たちと顔を合わせなくてもよいのか」

「そういうことはしなくてもいいんですよ。大名家の屋敷で博奕をしてるっていうのは内密のことですから、挨拶なんてされちゃ、お屋敷の連中がかえって困りますよ」

仲七郎が声を潜めた。

「お屋敷の方としては、博奕のことは知らないという形をとりたいわけですから」

そう付け加えて、常次がにやりと笑った。

「浜岡藩下屋敷詰めの方々は、他所《よそ》に比べて捌けた人たちが何人かおいでだ」

そう言って、仲七郎が思い出し笑いをした。

「殊に、お蔵方《くらかた》のあのお人は武家とは思えねぇ。酒と女と遊び好きだ」

「誰のことだ」

常次が首を捻って仲七郎を見た。

「たまに、徳利ぶら下げて賭場にも顔を出す、腹の出た」

「あぁあぁ、あのお人か」

常次が、得心して何度も頷いた。

「上役には鼻つまみ者だが、足軽や中間、それに出入りの商人、百姓には人望がある。あの人には、出世を諦めてしまった潔さがあるな」

そう口にした仲七郎が、感心したように唸《うな》って盃の酒を一気に呷った。

「おれも一度、浜岡藩下屋敷の賭場に行ってみたいもんだ」

「旦那も好きだねぇ」

常次が、又十郎に笑いかけた。

『江戸、下屋敷、筧道三郎《かけいみちさぶろう》は――、筧には』

又十郎が手にかけた義弟、数馬が、死に際《ぎわ》に発した言葉だった。

筧道三郎とは何者なのか、数馬は何を言おうとしたのか。

その者は、数馬の出奔とどう関わりがあるのか。

危ういことかもしれないが、筧道三郎がいる浜岡藩下屋敷に、一度は足を踏み入れたいという衝動に駆られていた。

「たしか、明後日《あさって》、賭場が立つはずだがね」

仲七郎が、思い出したように口にした。

「是非、行きたい」

又十郎が、身を乗り出した。


二日後の夕刻、又十郎は先夜同様、夜釣りの態で船に乗り込んでいた。

喜平次が櫓を漕ぐ猪牙船は、夕焼けの色を微かに残している汐留《しおどめ》の沖を芝の方へ向かっていた。

「『東華堂』の和助に、夜出かけるのを見られて怪しまれたくないのだよ」

又十郎は二日前の夜、釣り竿を持参する理由を、喜平次にそう説明していた。

お家の名こそ口にしなかったが、又十郎はかつて、蠟燭屋『東華堂』が出入りする大名家と関わりがあったことも打ち明けた。

「なるほど」

そう言ったきり、喜平次はそれ以上詮索しなかった。

又十郎が恐れていたのは、横目頭、伊庭精吾とその配下の者たちの監視の目だった。

だが、そこまで喜平次に打ち明けることは出来なかった。

喜平次の猪牙船は、芝、金杉橋を潜って、金杉川を遡った。

「今夜の行先は中渋谷村の大名屋敷の賭場なんだ」

船に乗り込む時、又十郎がそう口にすると、

「渋谷に近い所まで送りますよ」

喜平次の方からそう言い出してくれたのだ。

又十郎がしきりに遠慮をすると、

「せめて麻布《あざぶ》の一之橋《いちのはし》まで送らせてもらいますよ」

そこまで言ってくれた喜平次の心意気を、又十郎は受け入れることにした。

喜平次の猪牙船は、金杉川が途中で名を変えた新堀川が、左へと曲がった所にある一之橋の北側の岸に横付けされた。

「助かったよ」

船から岸に下りた又十郎は、喜平次を振り向いた。

「無理はしなさんなよ」

そう口にして、喜平次は船の舳先《へさき》を川下へと回した。

大名家下屋敷の賭場に又十郎が拘《こだわ》っていたのが、単なる金稼ぎではないことを喜平次は嗅ぎ取っていたのかもしれない。

無理をするなとは、又十郎の様子に不安を感じて出た言葉だろう。

一之橋を後にした又十郎は、川に沿って二之橋まで進み、右に折れて仙台坂下へと足を向けた。

以前訪れたことのあるこの辺りの道に、又十郎は明るくなっていた。

新堀川が途中で名を変えた、渋谷川の北岸を又十郎はひたすら歩いた。

日がとっぷりと暮れた並木前の橋の袂を、又十郎は右へ折れた。

筑前福岡藩、松平美濃守《みののかみ》家の下屋敷と中渋谷村の畑地の間を行くと金王八幡宮《こんのうはちまんぐう》があった。

この道は、江戸に来てすぐの頃、通ったことがあった。

金王八幡宮の北側に、浜岡藩下屋敷があることも知っていた。

浜岡藩下屋敷の表門は宮益町《みやますちょう》側にあったが、又十郎は、金王八幡宮側にある裏門に足を向けた。

暗い道を半町（約五十メートル）ほど行くと、裏門の前に人影が立っていた。五つに裏門で待つと言った、渡り中間の仲七郎だと思われた。

「香坂の旦那」

声を潜めて近づいて来た人影は、やはり、仲七郎だった。

「申し訳ありませんが、今夜の賭場はなくなりました」

そう小声で伝えると、仲七郎が、はぁとため息を洩らした。

「実は今日、国元の浜岡から藩士が十人ばかり江戸に着いたそうで、その方々が、下屋敷で宿泊することになりまして」

仲七郎の話によれば、浜岡から産物を江戸に運ぶ廻船問屋『備中屋《びっちゅうや》』の船に乗り込んだ藩士たちだという。

高輪南町《みなみちょう》に浜岡藩の蔵屋敷があるが、十人の藩士を泊めても世話をする者がいないというので、渋谷の下屋敷に回されたようだ。

その藩士たちがいつまで逗留《とうりゅう》するかも知れない今、浜岡藩下屋敷の賭場がいつ開かれるかも分からないのだと、仲七郎は嘆いた。

仲七郎ら、浜岡藩下屋敷の渡り中間たちが、中間部屋で密《ひそ》かに開く賭場にこっそり顔を出したり、見て見ぬふりをしてくれたりする藩士の何人かは、

「賭場が立たなきゃつまらない」

と、日暮れとともに飲みに出て行ったという。

「せっかく来ていただいたのに、香坂の旦那、どうなさいます」

仲七郎が、片頰をつるりと撫《な》でて又十郎を窺い見た。

「どうと言ってもなぁ」

又十郎は、明かりのほとんど見えない裏門近辺を見回した。

浜岡藩下屋敷の賭場に上がり込めば、朝まで居続けるつもりでいた。

それが叶《かな》わぬとなれば、『源七店』に帰るか、宮益町の旅籠に投宿するしかない。

「そうだ。今後のこともありますから、一度、下屋敷の藩士の方々と顔合わせをなさいますか」

仲七郎が、思いがけないことを口にした。

「顔合わせというと」

「いえいえ。お屋敷の中じゃありません。みなさん、ご一緒か別々かは分かりませんが、この先の宮益町か道玄坂《どうげんざか》で飲み食いするか、女のところにしけこんでるかしてますよ」

仲七郎が笑みを浮かべた。

「案内してくれるのか」

「えぇ。わたしもどうせ、暇ですから」

仲七郎が大きく頷いた。

「もし、藩士におれの名を聞かれたら、長浦《ながうら》とでも言ってくれないか」

又十郎が切り出した。

浜岡藩のお屋敷の者に、香坂又十郎と名乗るわけにはいくまい。

脱藩者として、お触れが回っているということも考えられた。

「分かりました。賭場に出入りするのに、本名を名乗るのは憚られますからねぇ」

仲七郎は思い違いをしていたが、すんなりと承知して歩き出した。

江戸の藩士のほとんどは、何代も前から江戸の屋敷に詰めていたが、たまに国元から江戸詰めになる藩士もいた。

又十郎の国元の知り合いにはそんな者はいないが、奉行所の同心頭、あるいは鏑木《かぶらぎ》道場の師範代として又十郎の顔を知っている者が江戸に来ているかもしれなかった。

不安を抱えながら、又十郎は前を行く仲七郎の後ろに従った。

五

渋谷宮益町は、浜岡藩下屋敷から歩いてすぐのところにあった。

畑地の小道を通り過ぎた仲七郎が足を止めたのは、傾斜のきつい坂道のまんなか辺りだった。

仲七郎の横に立って、又十郎は坂上を見、すぐに坂下へと眼を遣《や》った。

「ここが富士見坂《ふじみざか》で、その下が宮益坂《みやますざか》となります」

仲七郎が坂下の方を指し示して、そう説明した。

五つを過ぎた時刻に明かりを灯しているのは、二、三軒の旅籠と曖昧宿《あいまいやど》、それに数軒の飯屋と居酒屋くらいのものだった。

「宿場でもなく、江戸の外れの辺鄙《へんぴ》な場所にしては、飲み屋が結構あるな」

又十郎が口にすると、

「浜岡藩もですが、渋谷にしろ、近くの原宿《はらじゅく》、青山《あおやま》にも、大名家の下屋敷が結構ありますからね。飲むところ、遊ぶところがねぇと、侍だって面白くねぇだろうし、渡り中間だって長くは居つきませんよ」

分かりきったことだというように説明した仲七郎は、坂を下った。

道の左右には二軒の居酒屋があって、駕籠舁《かごか》きや馬子《まご》、近隣の大名屋敷の侍や中間の姿もあったが、仲七郎の顔見知りはいなかった。

「下の渋谷川の方にも三、四軒の飲み屋がありますから、誰かいると思います。もしいなかったら、川を越えて道玄坂に行きましょう」

そう言って坂を下る仲七郎の後に又十郎は続いた。

二人は渋谷川の手前の高札場《こうさつば》近くまで歩いたが、道の左右の居酒屋に、仲七郎の知り合いの浜岡藩士は居なかった。

「橋を渡って、道玄坂に行ってみましょう」

仲七郎に続いて、又十郎が宮益橋に向かいかけた時、

「おめぇ、浜岡藩下屋敷の中間だろう」

凄《すご》みのある声が響いた。

橋の左手の川沿いの道から飛び出して来た、五人の着流しの男が、仲七郎と又十郎の前に立ちはだかった。

見るからに土地の破落戸だった。

「浪人、お前さん、こいつに付いて賭場に行くのか」

白地に黒の太い縦縞《たてじま》の浴衣《ゆかた》を着た男が、又十郎に笑いかけた。

「だったらどうする」

又十郎が返事をすると、

「あんたには用はねぇから、どっかその辺に引っ込んでてもらおう」

五人の中では一番年かさの、小太りの男がそう言うと、他の四人が、一斉に懐の匕首を抜いた。

又十郎はこの日、前々からの浪人暮らしに見せるため、喜平次から借りた、着古した着物に身を包んでいた。その上、刀は一本差しにして、髷《まげ》は結わずに束ねて垂らしていた。

常次と仲七郎から、浪人の姿があると下屋敷の侍たちが、家中見回りの探索方ではないかと警戒感を抱くので、出来るだけみすぼらしくした方がいいと言われて、その意見に従ったのだ。

男たちは、そんな又十郎の装《な》りを見て、侮ったようだ。

仲七郎と男たちの睨み合いのわけを知りたくなった又十郎は、いつでも飛び出せる態勢で、男たちの輪から少し離れた。

「お前ら糞《くそ》中間どもが下屋敷で賭場を開くから、うちの親分の賭場から客足が遠のいてるんだよ」

小太りの男が、物言いにどすを利かせた。

「町場《まちば》の博奕場は信用ならねぇからだろうよ」

破落戸に言い返すなど、仲七郎は向こうっ気が強かった。

「中間風情が博徒の領分を横取りしやがって！」

左右の眼の大きさの違う男が一歩前に出て、

「このままじゃ、おれらが立ち行かねぇから、中間部屋の賭場はぶっ潰してやる」

そう口にするなり、匕首を腰だめにして仲七郎に突っ込んだ。

輪の外で様子を見ていた又十郎は、咄嗟《とっさ》に輪の中に飛び込んで、仲七郎に向かった男の片足に己の足を引っかけた。

「あぁ！」

男は、たたらを踏んでつんのめると、土手を転がり落ちた。

「この、糞浪人が！」

縦縞の浴衣の男が、目を吊《つ》り上げた。

「仲七郎、脇に下がっておれ」

そう指示をして、又十郎はすらりと刀を抜いた。

「やっちまえ！」

小太りの男が叫ぶと、三人の男どもが又十郎を取り囲んだ。

刀にも恐れを見せない男どもは、修羅場に慣れているようだ。

三人の男が三方から、声も出さずに又十郎に迫り、匕首を突き入れた。

腹の近くに三本の匕首が近づいた瞬間、又十郎は地面に体を投げ出して、三度ばかり転がると、目標を失って棒立ちになった三人の男たちの膝の裏やふくらはぎを、峰に返していた刀で次々に叩いた。

あれよあれよという間に、三人の男たちが道に倒れ込むのを見て、小太りの男が一、二歩後退《あとじさ》った。

土手の下から這《は》い上がろうとした、眼の大きさの違う男は、慌てて土手下に姿を消した。

「なんだなんだ。喧嘩か！」

突然、男のだみ声が辺りに轟《とどろ》いた。

渋谷川に架かる橋から、袴《はかま》を穿《は》いた侍が、両脇に女を抱き、千鳥足で現れた。

どうやら、道玄坂の方からやって来たようだ。

「筧様」

仲七郎が、女を抱いた侍に声を掛けた。

又十郎の全身が強張《こわば》った。

「お。仲七郎じゃねぇか。なにしてる」

そう尋ねた男に、仲七郎が喧嘩になった経緯を話すと、破落戸たちはあたふたと逃げ去った。

「今夜の賭場がなくなったもんで、こちらの長浦さんを下屋敷の誰かに引き合わせようと飲み屋を探してたところでして」

そう言うと、仲七郎は又十郎に体を向けて、

「こちらは、浜岡藩下屋敷のお蔵方、筧様でして」

「長浦、又右衛門《またえもん》でござる」

刀を鞘に納めると、又十郎は、偽りの名を口にした。

「筧、道三郎だ」

白粉を塗りたくった女を両脇に抱いたまま、腹の出た、下膨れの顔に無精髭《ぶしょうひげ》を生やした男が名乗った。

その名は、死んだ数馬が死に際に言い残した名である。

それ以来気掛かりだったその名の男と、又十郎は対面したのだ。

「向こうからちらちらと見ながら来たが、見事な腕だな」

笑顔になった筧は、歯を剥《む》き出しにして又十郎を見た。

「どうだ仲七郎、長浦殿と一緒に、飲もうじゃねぇか」

「へぇ。ありがとうございます」

そう返事をした仲七郎が、又十郎を窺うように振り返った。

「せっかくだが、わたしは遠慮しよう」

又十郎はやんわりと断った。

「これからどこへ」

「神田の方へ」

篔に尋ねられて、又十郎が答えた。

「それじゃ、宮益坂を上って、青山から赤坂に抜ける道を行けばよい。そこまで一緒に」

女を両脇に抱いたまま、篔は宮益坂を上りはじめた。

又十郎と仲七郎が後ろから続いた。

「ここだ」

宮益坂の途中、小さな寺の隣りにある居酒屋の前で、篔が足を止めた。

「一杯くらい飲んでいけばいいじゃないか」

篔は勧めたが、

「家が遠いので」

そう口にした又十郎は、軽く一礼すると、坂道を上りはじめた。

篔が暖簾を払い、居酒屋に入る気配を背中に感じていた。

本心を言えば、篔と酒を飲んでみたかった。

そうすれば、ひょっとすると数馬との関わりがどんなものだったのか、知ることが出来るかもしれない。

だが、もしかすると、数馬に仇成《あだな》す者かもしれなかった。

筧の立場が知れぬ今、妙に近づいて、警戒されては面倒なことになる。

半町ほど歩いた又十郎が振り返ると、先刻の居酒屋の前に人影が立っていた。

居酒屋から洩れ出る明かりを浴びていたのは、筧道三郎に見えた。

表情などは窺い知れないが、袴姿といい、腹の出具合といい、先刻目の当たりにした筧に間違いない。

一旦居酒屋に入った筧は、酔いを醒《さ》ましに外に出たのかもしれない。

だが、じっと立って坂上を見ている筧の様子から、又十郎を気にして出てきたようにも思える。

又十郎のなにが、気になったのだろうか。

筧の影は、依然、居酒屋の前から動かなかった。

又十郎はゆっくりと踵を返して、坂道を上りはじめた。

その後は、一度も振り返ることはしなかった。

第四話　脱出

一

夜が明けたばかりの河岸《かし》は、うっすらと靄《もや》に霞んでいた。
香坂又十郎《こうさかまたじゅうろう》は、久しぶりに木挽町《こびきちょう》築地《つきじ》の南《みなみ》飯田河岸《いいだがし》に立った。
提《さ》げてきた魚籠《びく》を置き、担いできた釣《つ》り竿《ざお》を地面に寝かせた。
河岸の突端に腰を下ろすと、又十郎は持参の握り飯にかじりついた。
今朝目覚めるとすぐ、昨日の残りの飯を握り、漬物を添えて弁当にし、神田八軒《かんだはちけん》町《ちょう》の『源七店《げんしちだな》』を出てきたのだ。

いつ以来の釣りだろうか——握り飯を頬張りながら、腹の中で呟《つぶや》いた。

たしか、大川《おおかわ》の川開きのすぐ後だった。

船頭の喜平次《きへいじ》の猪牙船《ちょきぶね》で、深川《ふかがわ》沖に漕ぎ出して沖釣りをして以来だから、ひと月ほど、釣りから遠ざかっていた勘定だ。

「河口から遠い分、ここら辺の水は綺麗《きれい》だな」

靄の向こうから男の甲高い声がした。

「うん。ここまでくりゃ、海だからよ」

別の男の低い声がした。そして、

「昨日の雨のせいで、川から泥水が流れ込んでるからよ。佃《つくだ》の渡しの所はおめぇ、濁った川の水と満ち潮がせめぎ合っていやがった」

又十郎は、声のする方に眼《めや》を遣った。

靄の向こうに、釣り人らしい人影が幾つか見えた。

又十郎が握り飯を食べ終えた頃、靄が晴れた。

釣り針に餌を付けようかと腰を上げた時、

「来てたのか」

と、聞き覚えのある子供の声がした。

て来た。

又十郎の傍《そば》に、釣り竿を担いだ徳次《とくじ》がにやにやしながら、四つ年下の平助《へいすけ》と近づいて来た。

築地の波除稲荷《なみよけいなり》を塒《ねぐら》にしている孤児《みなしご》五人のうちの二人だった。

「お前たち、もう帰るのか」

又十郎が尋ねると、

「大分釣れたから、売らなきゃならねぇもん」

徳次が、魚籠の中身を又十郎に見せた。

「おれのも」

と、平助も自慢げに、魚籠の中を又十郎に見せた。

「お前ら、腕を上げたな」

又十郎が褒《ほ》めると、二人の顔から笑みが零《こぼ》れた。

「それじゃ、おれら行くぜ」

徳次が又十郎に声を掛けると、平助を従え、飛び跳ねるように駆け出した。

おそらく、南小田原町《みなみおだわらちょう》の干物屋に魚を買ってもらうのだ。

波除稲荷の孤児《みなしご》たちは、魚や貝を売った金を貯《た》めていた。

それなりに貯まったら、家を借りたり、読み書き算盤《そろばん》を習ったりするために使うという夢を掲げているのだ。

徳次のすばしっこい身のこなしを見ていた又十郎は思わず笑みを浮かべると、餌を付けた釣り針を海に落とした。

神田八軒町界隈《かいわい》に、四つ（十時頃）を知らせる時の鐘が微《かす》かに聞こえていた。

又十郎が『源七店』の木戸を潜《くぐ》って、井戸端に魚籠を置くと同時に時の鐘は打ち終わった。

又十郎は、釣り竿を手にして井戸を後にすると、路地の奥の己の家の戸口に釣り竿を立てかけた。

カラリと戸の開く音がして、斜め向かいの友三《ともぞう》の家から、水桶《みずおけ》を手にしたおはまが飛び出して来た。

「いったい何ごとですか」

「おていさんが熱を出したんですよ」

「それは大変だ。水ならわたしが」

又十郎が声をかけると、

「それじゃ頼みます」

おはまは、水桶を又十郎に手渡すと、友三の家の中に戻った。

又十郎はすぐに井戸端に走り、汲《く》んだ釣瓶《つるべ》の水を桶に注いだ。

又十郎は、戸が開けっ放しになっていた友三の家の土間に足を踏み入れると、框《かまち》に水桶を置いた。

薄縁《うすべり》に寝かされていたおていの額の汗を、おはまが屈《かが》みこむようにして拭いていた。

「すみませんね」

鉄瓶の煎じ薬を湯呑《ゆのみ》に注いでいた友三が、又十郎に小さく頭を下げた。

「おかみさん、いつから」

「それが、昨夜《ゆうべ》からだっていうんですよ」

新しい水で手拭いを濯《すす》ぎながら、おはまが又十郎に返事をした。そしてすぐ、

「でしょう」

と、友三に声をかけた。

「昨夜からおていさんを見てたもんだから、朝餉《あさげ》の支度も出来なかったっていうじゃないか」

おはまが、絞った手拭いをおていの額に乗せた。

「それじゃ友三さん、食べてないのかね」

又十郎が声を掛けると、友三は小さく唸《うな》って、ゆっくりと頷《うなず》いた。

「だったら、おれが作ろう。丁度、魚を釣って来たからね」

「いえいいえ、そんな」

遠慮する友三の声に構わず、又十郎は路地へと飛び出した。

又十郎は、今朝釣り上げた魚の鱗《うろこ》を急ぎ剝がした。

ぶつ切りにしたメバルやカサゴ、それに鮎並《あいなめ》を水洗いして、ひとまず自分の家に持ち帰った。

七輪と竈《かまど》に火を熾《おこ》し、二つの鍋で煮付けと潮汁《うしおじる》を拵《こしら》え、友三とおていの昼餉に供するつもりだった。

七輪と竈の鍋で、同時に湯が煮立った。

七輪の鍋にメバルとカサゴを入れ、竈の鍋には鮎並を入れた。

メバルとカサゴの鍋に醬油《しょうゆ》を注ぎ、鮎並には塩を投じた又十郎は、ねぎを小口切りにした。

鍋を火から下ろす寸前、潮汁に入れるためのものである。

「いい匂いがしてると思ったら、やっぱり香坂様の所でしたね」

船宿『伊和井《いわい》』の女将《おかみ》、お勢《せい》が、路地から顔だけを家の土間に突き入れていた。

又十郎が軽く会釈をすると、

「お邪魔しますよ」

お勢が土間に足を踏み入れた。

「近くまで来ましたんで、どういう所にお住まいか、ちと見てみたくなりましてね」

笑みを浮かべると、お勢が家の中を形ばかり見回した。

又十郎は、お勢に構わず、ねぎを入れた鍋を持つと、框に用意されていた鍋敷きの上に載せた。

「七輪に掛かってるのが、どうやら煮付けですね」

そう口にすると、お勢が、七輪に掛かった鍋の蓋を少し持ち上げて、中を覗《のぞ》いた。

「いい色つやだ」

しみじみと呟くと、蓋を戻した。

「香坂様、うちの板場の話、なんとか考えてもらえませんかねぇ」

お勢が、そう切り出した。

「それは、この前断ったはずだが」

又十郎が、水屋《みずや》からお椀《わん》とご飯茶碗《ぢゃわん》を出しながら返答した。

「そこをなんとか、と思いまして」

「女将さん、悪いが今は、その話をしている段ではないのだ」

又十郎は、湯気の立つ潮汁を、框に置いたお椀と茶碗に取り分けた。

「ここの住人が病でな、いろいろと手が要るのだ」

潮汁の器を両手に持った又十郎は、路地に出た。

と、隣りの家から出てきたおはまが小走りに、お櫃《ひつ》を抱《かか》えて友三の家に入り込んだ。

その後に、又十郎が続いた。

「おはまさん、潮汁を作ったが」

「美味《おい》しそうじゃないか」

お椀を覗いたおはまがそう言うと、

「どうだ、おてい、飯を食うか」

友三が、弱々しく息を吐くおていの耳元で声を掛けた。

薄眼を開けていたおていは、小さく首を横に振った。

「おていさん、汁だけでもどうだい」

そう呼びかけたおはまの声に、

「あとで」

おていが、小声で応えた。

「ともかく友三さんは食べることだよ。あんたまで倒れたら大事《おおごと》だ」

又十郎が諭《さと》すように言った。

「朝晩のことはわたしがするから、友三さんは看病だけおしよ」

「いや、おはまさん。あんたには富五郎《とみごろう》さんとおきよちゃんがいる。友三さんとおていさんの飯は、おれがやるから。用事があって出かけなきゃならんことがあれば、その時は頼みます」

「だったら、香坂様の言う通りにしますよ」

おはまが頷いた。

「厄介をかけるねぇ」

呟くように口にすると、友三が又十郎とおはまに小さく頭を下げた。

「お取込み中、すみませんでした」

路地から様子を見ていたらしいお勢が、家の中を気遣うように辞儀をして、木戸の方に歩き去った。

又十郎が路地に出ると、お勢の姿は木戸の向こうに消えたところだった。

そのお勢と入れ替わりに、針売りの装《な》りをしたお由《よし》が現れて、木戸を潜って来た。

「早いな」

又十郎が声をかけると、友三の家の前でお由が足を止めた。

「今お帰り？」

そう口にしながら出てきたおはまを見て、

「なにごと？」

お由が友三の家の中に首を伸ばした。

おはまから、おていが熱を出したことや食べ物を持ち込んだことを聞くと、

「おていさん、早く良くなるといいねぇ」

お由が、友三の家の中に声を掛けると、

「ありがとよ」

中から友三の声が返ってきた。

「あたしはくたびれたから、ここで」

小さく笑みを浮かべると、お由は又十郎の家の向かいに入って行った。

「お由さんはこの三日ばかり、家を空けてたんじゃなかった？」

おはまが、密《ひそ》やかに口にした。

「あぁ」

又十郎が頷くと、

「ほんとにくたびれた顔して、どうしたんだろ」

小首を傾《かし》げて、おはまは友三の家の向かいに帰って行った。

お由が一日家を空けた日の夜、喜平次は、男と出で湯《いゆ》に出かけたのに違いないと口にしていた。

どこの温泉に行ったか、喜平次は言わなかったが、それにしても、帰って来たお由の顔には疲れがこびり付いていた。

しかも、脚絆《きやはん》には乾いた泥が付いていた。

方々を歩き回って来たのではないかと思える。

戸の閉まったお由の家にちらりと眼を遣って、又十郎は自分の家に入った。


お由が『源七店』に帰って来た日の夜である。

和泉橋袂《いずみばしたもと》の居酒屋『善き屋《よや》』の小上り、通称小島で、又十郎は、酒に誘った喜平次と向かい合っていた。

話し声や笑い声が飛び交っている店内は、七分《しちぶ》ほどの客の入りだった。

喜平次が、友三の女房の具合を心配しながら、二、三杯酒を口に運ぶと、

「『伊和井』の女将さんが、『源七店』に顔を出したそうで」

と、にやりと笑って囁《ささや》いた。

「なにがおかしい」

又十郎が、見咎《みとが》めた。

「女将は香坂さんに、ご執心だってことですよ」

「なに」

「何も色恋のことを言ってるんじゃありませんよ。女将だって四十半ばの亭主持ちだ、弁《わきま》えなきゃならないところはちゃんと弁えたお人ですよ。おれが言ったのは、包丁人としての香坂さんにご執心だと、そういうことですよ」

又十郎は、黙って手酌《てじゃく》をした。

「わざわざ『源七店』に顔を出したのも、それだけ腕を買ってるってことだ。そのうえ、香坂さんの住人を思いやる人柄にも触れたと言って、女将さん、感心してましたぜぇ」

そう口にした喜平次が、

「覚悟した方がいいですよ」

と声を潜めた。

「覚悟とは」

又十郎まで声を落とした。

「滅多なことじゃ後には引きませんから、あの女将からは逃れられねぇんじゃねぇかねぇ」

面白がるような言い方をして、喜平次は小さく、ふふふと笑った。

「こそこそと、なんのお話」

他の客の空いた器をお盆に載せたお由が、又十郎と喜平次の横で足を止めた。

お由は疲れが取れたのか普段に戻っていた。

「昼間、どこかから帰ってくるなり夕方まで寝たらしいじゃないか。どなたさんかと旅に出て、散々くたびれるようなことをしたんだろう」

喜平次がからかうような声を上げた。

「ちょっと、下総《しもうさ》の方に行ってたんですよ」

喜平次に怒ることもなく、淡々と返事をした。

「一緒に行った男は、どんな野郎だよ」

「一人ですよぉ」

お由は、余裕をもって笑みを浮かべると、器を持って板場の中に消えた。

「お由さんは、男との逢瀬《おうせ》で疲れていたとは思えんがね」

「ほほう」

喜平次が、意外そうに又十郎を見た。

「もしそうなら、どこかに女の艶のようなものが零《こぼ》れ落ちるはずだが、お由さんにそんなものはなかった」

「へぇ、こりゃ驚いたね。香坂さんが色恋の講釈をするたぁ思わなかったぜ」

喜平次が、首を捻《ひね》って自分の盃《さかづき》に酒を注《つ》いだ。

講釈がそれなりに出来たのは、又十郎が色恋の経験を積んだからではなかった。

奉行所の同心を務めていた頃、色と欲がからむ事件に幾つも関わってきた。

心中未遂もあれば、亭主持ちの女の不貞もあったし、刃傷沙汰《にんじょうざた》もあった。

そんな事件に関わった者たちの取り調べを重ねるうちに、男や女の心の動きというものが、なんとなく分かるようになったのだ。

「下総とはどこだね」

又十郎が、喜平次を見た。

「下総国は、ここ武蔵国《むさしのくに》の東ですよ。久喜《くき》とか岩槻《いわつき》の東だね。常陸国《ひたちのくに》と武蔵国に挟まれたあたり」

喜平次はそう答えたが、又十郎にはさっぱり見当がつかなかった。

「けどなんだって、お由さんはそんなとこに行ったんだ」

「詮索はよそうじゃないか。人には、それぞれ抱えているものがあるものだよ」

やんわりと喜平次を窘めた言葉は、又十郎自身に当てはまることでもあった。

お盆に徳利《とつくり》を載せたお由が、通りがかりに足を止めて、

「友三さんは今夜、商いに出たの？」

又十郎と喜平次に尋ねた。

「今夜はおていさんの傍に居ると言ってたよ」

又十郎が答えた。

「友三さんも大変だ」

そう呟いたお由に喜平次が、

「香坂さんだって感心するじゃないか。友三さんたちに夕餉を作ってやったんだぜ」

そう言うと、

「わたしにもそんな男がいたらねえ」

ははと笑い声を上げると、お由は板張りの客のもとに徳利を運んで行った。

二

昼下がりの霊岸島《れいがんじま》は静かなものだった。

時の鐘が九つ（正午頃）を打ってから神田八軒町の『源七店』を出た又十郎は、笠《かさ》を被《かぶ》り、釣り竿だけを手にして、のんびりと半刻《はんとき》（約一時間）掛けて霊岸島新堀の北にある、北新堀町《きたしんぼりちょう》に着いた。

北新堀町の飯屋『春海屋《はるみや》』で、丈助と会う手筈《てはず》だった。

『善き屋』で酒を飲んだ帰り道、

「そうだ。肝心なことを忘れてたよ」

喜平次が手を叩《たた》いた。

「このことで呼び出したのに、いけねぇいけねぇ」

喜平次は、神田八軒町に曲がる、藤堂《とうどう》家屋敷の辻番所《つじばんしょ》のところで足を止めたのだ。

「『源七店』まで歩きながら話しますよ」

そう言った喜平次と、又十郎は並んで歩いた。

「今日、霊岸島近くで丈助に会ったら、浜岡《はまおか》の廻船《かいせん》問屋『丸屋《まるや》』の船の水主《かこ》を知ってると言ったんだ」

喜平次の口から、思いがけない話が飛び出した。

又十郎から石見国《いわみのくに》の船について尋ねられたことを思い出して、どこの港から来ているのかと、丈助《じょうすけ》が聞くと、水主は、浜岡だと答えたという。

「その浜岡の水主と会える段取りをつけてくれ」

『善き屋』からの帰り、喜平次に頼んだことが、三日経《た》ってようやく叶《かな》うことになっていた。

丈助にしても『丸屋』の水主にしても、朝の内は大忙しだから、会うならば昼過ぎにしてほしいと、喜平次から聞かされた又十郎に異論はなかった。

又十郎は、霊岸島新堀に架かる湊橋《みなとばし》に近い角地の、『春海屋』の縄暖簾《のれん》を潜った。店内は、早朝から働いた人足や船乗りたちで混み合っていて、二人のお運び女が忙しく動き回っていた。

「奥が空いておりますが」

三十を越したと思えるお運び女が、板張りの奥を手で指した。

言われたところに腰を下ろした又十郎は、釣り竿を置き、菅笠《すげがさ》を取った。

浜岡の廻船問屋『丸屋』や『岩田屋《いわたや》』が出店を構える霊岸島では、用心に越したことはない。

こっちが知らなくとも、奉行所の町廻《まちまわ》り同心頭《どうしんがしら》だった又十郎を見知っている者が、江戸店《えどだな》に来ているということも考えられた。

「なんにしましょう」

注文を聞きに来た若いお運び女に、又十郎は、煮魚と飯と吸い物を頼んだ。

「分かりましたぁ」

元気よく返事したお運び女が土間に下りたとき、外から丈助が入って来たのが見えた。

又十郎が片手を上げると、店内に目を走らせた丈助が、共に入って来た男の連れと板張りに上がって、向かいに座った。

「旦那《だんな》、この男が、『丸屋』の船の水主ですよ」

丈助がそう言うと、

「貞二《ていじ》といいます」

剝《む》き出しの膝に手を置いた貞二が、くりっとした眼で又十郎に会釈をした。
二十三、四の若い水主だった。
「とにかく、何か喰《く》ってくれ」

昼餉代を持つつもりの又十郎が、二人に勧めた。

「いや、おれは用があって外しますから、旦那は貞二とゆっくり話をしてください」

そう言うと、丈助は店を出て行った。

案外、気を利かせたのかもしれない。

残った貞二は、飯と味噌汁《みそしる》の他に、奴豆腐《やっこ》に焼き魚を注文した。

「おれはわけあって浜岡藩の禄《ろく》を離れた者で、すまないが、名乗るのを憚《はばか》りたいのだ」

「へぇ」

貞二は、嫌な顔もせず受け入れてくれた。

「丈助から浜岡の水主が居ると聞いて、懐かしく、それで、会って話をしたくなったのだ」

「へぇ。わたしでよければ、なんでも」

揃《そろ》えていた膝を崩して、貞二が胡坐《あぐら》をかいた。

貞二は、大瀬戸島《おおせとじま》の生まれだと口を開いた。

大瀬戸島は、浜岡浦からそう遠くない、外海に面した島である。

「おれは、福浦《ふくうら》だよ」

又十郎は偽りを口にした。

貞二は、半月前に浜岡浦を出帆した船に乗って、瀬戸内を通り、大坂に寄港したあと、一気に江戸へ来たという。

浜岡の様子を聞いてみたが、取り立てて変わったことはなく、又十郎や数馬が脱藩者になったことが、城下に知れ渡っていることもなさそうだった。

武家の内々のことが、いちいち町人に知らされることなど、あるはずもなかった。

「浜岡には、どなたか知り合いはおありで？」

貞二に尋ねられて、又十郎は迷った。

ありすぎるほどいるが、それらの名を口にできるわけがなかった。

「数少ない知り合いの中で、よくしてくれたのは、豊浦《とようら》の漁師で、勘吉《かんきち》というのがいたよ」

「あぁ、勘吉さんはわたしも知ってますよ」

それまで表情の硬かった貞二の顔が、俄《にわか》に柔らかくなった。

「『岩田屋』さんの船に乗ってるおれの兄貴分と幼馴染《おさななじみ》で、一、二度、豊浦の家に行ったこともあります」

自分のことをわたしと言っていたのが、おれに変わった。

「幼馴染っていえば、小さい時分からの友達が、『備中屋《びっちゅうや》』の水主になったとたん、急に高飛車に出るようになりましてね」

貞二は又十郎に気を許したのか、自分のことを話し出した。

浜岡では、藩の重臣と近しい『備中屋』が大きい顔をしているとも愚痴った。

主《あるじ》だけならともかく、奉公人から船の水主に至るまで、浜岡では『備中屋』のほかは不要とでもいうように、浜岡の他の廻船問屋を見下しているという。

『備中屋』の船の水主になった幼馴染とは、町中で会っても貞二の方から眼を逸《そ》らすようになったらしい。

「お待たせを」

お運びの女が、先に頼んでいた又十郎の分と一緒に、貞二の分も持って来た。

又十郎と貞二はすぐに箸を手にした。

「そうそう」

三口ばかり食べた時、貞二が、周りを窺《うかが》って声を潜め、さらに、

「江戸に着いて二日経った一昨日《おととい》、船乗りの間で面白い噂話《うわさばなし》が流れてましたよ」

「面白いとは」

手を止めて、又十郎がほんの少し身を乗り出した。

噂話というのは、『備中屋』に関することだった。

四日前、品川に着いた『備中屋』の船の水主三人が、積み荷の中から値の張る物を盗み出して、姿をくらませたのだと、貞二が囁いた。

四日前と言えば、又十郎が浜岡藩下屋敷の賭場に行った、六月二十五日である。『備中屋』の船に乗って来た浜岡藩士十人ほどが、下屋敷に宿泊することになったため、その夜、下屋敷の中間部屋での賭場は立たなかったのだ。

「江戸の『備中屋』じゃ、大騒ぎらしいですよ」

にやりと笑って、貞二が飯を頬張った。

「こんなことは、なにも珍しいことじゃないんですよ。船乗りや水主には、身元の怪しい連中もいますから、金目の物を盗んでおいて、水の補給に立ち寄った途端、船から逃げるって話はけっこう耳に入ります」

国や廻船問屋、乗り込んだ船が違っていても、補給などで立ち寄る港で、船乗り同士よく顔を合わせることがあるのだと、貞二が話した。

そうすると、遠いところで起きた事やほんの些細《ささい》な出来事も、船乗りの間では筒抜けになることがあるという。

積荷の品を盗んで姿をくらませた『備中屋』の水主の一件が、噂となって流れたのはそんな背景があったからだろう。

昼餉を食べ終えた又十郎と貞二は、飯屋を出た。

「ご馳走《ちそう》になりまして」

銀町《しろがねちょう》の『丸屋』に寄るという貞二は、湊橋の方に足を向けた。

「貞二さんはいつまで江戸にいるのだね」

笠を付けた又十郎が声を掛けると、

「何日と聞いてはいませんが、水主頭の話によれば、帰りの荷を積んで、十日ばかりで帆を上げるとか言ってました」

貞二がそう口にした。

「折があれば、今度は酌み交わそうじゃないか」

又十郎の提案に、貞二はにこりと頷いて橋を渡って行った。

貞二を見送った又十郎は、釣り竿を肩にかけて、箱崎《はこざき》と行徳河岸《ぎょうとくがし》を繋《つな》ぐ橋の方に足を向けかけて、ふっと立ち止まった。

そして思わず、笠を目深にした。

霊岸島新堀の対岸、湊橋の西詰の辺りでひそひそと立ち話をしているのは、紛れもなく、浜岡藩江戸屋敷の横目《よこめ》頭《がしら》、伊庭《いば》精吾《せいご》配下の、団平《だんぺい》と伴六《ばんろく》だった。

つけられたか──一瞬、ぎくりとしたが、二人の様子から、又十郎の尾行が目的のようには見受けられない。

ではなぜ、霊岸島にいるのか──気にはなりながらも、又十郎は、行徳河岸へと急ぎ橋を渡った。

すっかり日の暮れた『源七店』の路地に、蚊遣りの煙が棚引《たなび》いていた。

蚊遣りを焚《た》いているのは、大家の茂吉《もきち》の家と、飛脚の富五郎の家、それに又十郎の家だった。

蚊遣りの煙は、友三の家からも路地に這《は》い出ていた。

土間から路地を覗いた又十郎は、戸を開けたまま、水屋から湯吞を三つ出してお盆に載せると、板張りの真ん中に置いた。

その周りに、又十郎が作った夕餉のお菜の残りを二皿並べた。

富五郎も喜平次も、家から出てくる気配はまだなかった。

ほどなく、六つ半（七時頃）という頃合いである。

昼間、霊岸島に行っていた又十郎が『源七店』に戻って来たのは、八つ半（三時頃）を少し過ぎた時分だった。

「おていさん、具合でも？」

路地に差し掛かった時、友三の家から出てきたおはまに又十郎が声を掛けた。

「いや、そうじゃないんです。おていさん、熱が下がったんですよ」

おはまがほっとしたように言った時、友三が家から出てきた。

「お陰様で、おていの奴、具合がよさそうでして。へい」

友三は、又十郎に小さく頭を下げた。

「友三さん、今日は屋台を担ぐというから、おていさんの夕餉は心配しなくていいって、そう言ってたところ」

「稼げるときに稼いでおきませんと」

そう口にすると、友三は屋台の傍にしゃがみこんで、支度に取り掛かった。

「おはまさん、おていさんの夕餉はわたしが作りますよ」

又十郎が口を開くと、

「あら、いつもいつも悪いですねぇ」

と、おはまは、にこっと笑みを浮かべた。

「夕餉の支度を早めにしますから、友三さんも一緒に食べてから出かければいい」

又十郎がそう持ちかけると、

「へい」

と、友三は頭を下げた。

又十郎の夕餉の支度は、まだ明るい六つ（六時頃）前には出来上がった。

一人で夕餉を済ませた又十郎が、井戸端で器を洗っていると、

「ごちそうさまでした」

そう声を掛けた友三が、屋台を担いで木戸を潜り、表通りへと出て行った。

「お、出かけるのかい友三さん」

表の方から、甲高い喜平次の声がして、

「おていさんの具合はどうなんだい」

と尋ねる富五郎の声が続いた。

仕事帰りの富五郎と喜平次が木戸から入って来たのは、その直後だった。

「おや、香坂さん、器を洗ってるところを見ると、夕餉は済ませましたね」

「たったいまだよ」

又十郎が、声を掛けた喜平次に返事をした。

「今、表でばったり富五郎さんと出くわしましてね、たまにゃ、男同士で夕餉を共にしながら酒でもどうかということになったんですよ」

「だが、香坂さんが済ませたとなると」

富五郎が顎を撫《な》でた。

「香坂さんさえよけりゃ、夕餉を済ませてから集まるというのはどうだい」

そう喜平次が持ちかけた。

「晩の残りもあるし、おれの所に来てもらっても構わないよ」

返事をすると、喜平次も富五郎も又十郎の話に乗ってきた。

「帰って来る道々、富五郎さんから聞いた面白そうな話もあるし、あとでゆっくりと」

そう口にした喜平次は、湯屋の帰りに酒を買ってくることになり、富五郎は家で夕餉を済ませてから又十郎の家に来ることが決まったのである。

その取り決めから半刻が過ぎていた。

「これを香坂さんのとこに持って行けとかかぁが言いますんで」

最初に現れた富五郎が又十郎の家の土間に立って、厚揚げと茄子《なす》の煮物の小鉢を框に置いた。

「お上がりなさい」

又十郎が勧めると、富五郎は土間から上がり、並んだ湯呑と料理の近くに胡坐をかいた。

路地で足音がしたかと思うと、

「遅くなっちまった」

通い徳利を下げた喜平次が飛び込んできて、板張りに上がりこんだ。

「さっそく、注ぐよ」

富五郎が、甲斐甲斐《かいがい》しく、三つの湯呑に徳利の酒を注いだ。

「去りゆく夏を惜しみまして」

そう口にした喜平次が盃を掲げると、

「秋のかかぁに飽きがきた、か」

富五郎が合いの手をいれた。

又十郎も二人に倣って盃を掲げ、三人は一斉に酒を口に運んだ。

時々、普段の喜平次からは想像も出来ない、風情のある言葉が飛び出すことがある。

船頭という仕事柄、吟行《ぎんこう》に赴く俳人を船に乗せたり、戯作者《げさくしゃ》や学者を乗せたりするうちに、喜平次にも文人墨客の物言いが身についたのかもしれない。

三

又十郎の家に集まった男ども三人は、寄せ集めた夕餉の残り物を肴《さかな》に、四方山話《よもやまばなし》に花を咲かせていた。

酒が進んで、あっという間に四半刻（約三十分）ばかりが過ぎていた。

「富五郎さんから面白い話を聞いたと言っていたが、それが気になるな」

又十郎はふっと思い出して、喜平次に眼を向けた。

「えっと、なんだっけ」

喜平次が、少し赤くなった顔をきょとんと傾げた。

「わたしが話しましょう」

そう口にした富五郎が、盃に残っていた酒を飲み干した。

「ついこの前、日本橋室町《にほんばしむろまち》の薬種問屋の手代から聞いたんですがね」

富五郎がほんの少し改まった。

飛脚の富五郎は、仕事柄、江戸の方々《ほうぼう》のお店に出入りしていた。

江戸随一の商いの町、日本橋界隈の大店にも出入りしている富五郎は、それだけ顔も広い。

「その薬種問屋の手代の話だと、二日ほど前、お店者《たなもの》には見えない男が、薬草を売り込みに来たそうなんですよ」

富五郎の話に、又十郎と喜平次の手が止まっていた。

その薬種問屋の手代の見立てによれば、男が持ち込んだのは、高麗人参《こうらいにんじん》と大黄《だいおう》だった。

店の者がそれを見て戸惑うと、持ち込んだ男は、逃げるようにして店から飛び出したという。

「二品とも、ご禁制の物ではなかったようですが、そこいらの町人が手に出来るようなものではないらしく、その問屋は怪しんで、奉行所に届け出たそうなんですよ」

そこまで話して一息つくと、富五郎は手酌で酒を注いだ。

「おれは、薬草についてはは疎《うと》いのだが」

又十郎は、富五郎と喜平次に目を向けた。

「諸国で、いろんな薬草が採れるようだがね、効能がいいのは異国で採れるものだそうだよ」

喜平次が口を開いた。

喜平次は、富五郎に引けを取らないくらい、大店の旦那衆にも知り合いが多かった。納涼や花見と屋根船を仕立てる馴染みの旦那衆の中に、薬種問屋の主が居て、喜平次は事情通になっていた。

「病に利く薬草なら、異国からどんどん買えばいいものを、買い取る量を幕府が押さえつけているらしいんだよ。買い入れる量が少ねぇから、評判のいい薬草の値は張るというわけさ」

胡坐をかいた喜平次が、己の盃に酒を注いだ。そして、さらに続けた。

「ところがだ。ぜいたく品と違って、薬ってもんは、暮らしにはどうしてもなくちゃならねぇもんだ。だから、異国の薬草を持っていれば、高く売れることになる。幕府が量を抑えろというなら、法の眼をかい潜って、密かに取引すればいいじゃねぇかという手合いも出て来るってこった」

「なるほどね」

富五郎が、軽く唸って腕を組んだ。

「法の眼をかい潜るというと、抜け荷か」

誰にともなく呟いたものの、そう口にした途端、又十郎はどきりとしてしまった。

「一、二年ばかり前、御贔屓《ごひいき》願ってる旦那に呼ばれて、薬種問屋に行った時、異国からの薬草を見せてもらったことがあったよ」

「それで」

富五郎が、興味津々、喜平次に身を乗り出した。

「そしたらどうだよ。なんでこんなもんに高い値を付けるのかってくらい、情けねぇ代物なんだよ。高麗人参ってもんも、寂しいくらい干からびててよぉ。竜脳《りゅうのう》とか甘草《かんぞう》、大黄にしたって、あれはもう、枯れた草や根っことしか見えねぇ。それなのに、何十、いや何百両って金を出して買うっていうんだ」

酒の入った喜平次は、気持ちよさそうにまくし立てた。

喜平次が薬種問屋の主人から聞いたところによれば、抜け荷は薬草だけに限らないらしい。

「抜け荷は、御法度《ごはっと》のはずだぜ」

富五郎が、声を低めた。

「だから、さっきも言った通り、ご公儀の眼をかい潜って儲《もう》けてるやつらがいるってことだよ。自前の船を持ってる商人とか、海の近いどこかのお大名とかよ」

そう口にした喜平次に、又十郎はぴくりとした。

海が近いお大名と言えば、石見国の浜岡藩も当てはまる。

抜け荷に手を染めているのではないかと、藩の行く末に不安を抱いていた、義弟、兵藤数馬《ひょうどうかずま》の言葉が又十郎の脳裏を過《よぎ》った。

「薬草のほかに、どんなもんが抜け荷になるんだろうな」

富五郎がぽつりと呟いて、小首を傾げた。

「霊岸島、新川《しんかわ》辺りの旦那衆の話によれば、砂糖や染料だろ。それに、べっ甲、水牛の角、白糸《しろいと》、それからええと、沈香《じんこう》とか、実に様々らしい。そんなものを、問屋の船乗りや蔵番《くらばん》が盗んで、金にしようとすることはよくあることらしいぜ」

そう言って、喜平次は小鉢の煮物を箸で摘まむと、口に放り入れた。

白糸というのは、清国《しんこく》で作られる上質な生糸のことだと言い添えた。

「けどまぁ、そういう不相応な物を持ち込めば怪しまれて、すぐに捕まるらしいな」

「なるほど。だから、おれの知り合いの薬種問屋も、売りに来た奴を怪しいと睨《にら》んだわけだ」

喜平次の話に得心がいったように、富五郎は大きく頷いた。そして、

「その薬種問屋に調べに来たお役人は、男たちが売ろうとしたものは、恐らく盗品だろうと口にしたそうだ」

と、付け加えた。

「売りに来たというのは何者か、手がかりはあるのだろうか」

又十郎が、つい口にした。

好奇心というよりは、同心頭《どうしんがしら》を務めていたかつての職務の癖が、思わず口に出た。

「薬種問屋の手代が言うには、薬草を持ち込んだ男の風体から、お役人は、船乗りではないかと目星をつけたようですよ」

富五郎は、又十郎が同心頭だったなど、露ほども感じていない。

又十郎はふっと、廻船問屋『丸屋』の水主、貞二の話を思い出していた。


月が替わり、暦の上では秋になった。

七月になったとはいえ、この日も朝から暑かった。

又十郎は、頭上から照り付ける日を浴びて、東海道《とうかいどう》を品川《しながわ》へと向かっていた。

菅笠を被っているものの、道からの照り返しで笠の下に熱気が籠り、先刻から、又十郎の額を幾筋もの汗が流れ落ちていた。

喜平次や富五郎と飲み食いをした夜から、二日が経ったこの日の朝方、蠟燭屋《ろうそく》『東華堂《とうかどう》』の手代、和助《わすけ》が『源七店』の又十郎を訪ねてきた。

「北品川宿、稲荷門前《いなりもんぜん》の旅籠『近江屋《おうみや》』にお入りください」

又十郎は、目付《めつけ》、嶋尾久作《しまおきゆうさく》からの指示を聞いた。

『源七店』を出て、品川へと向かったのが、九つまであと四半刻という頃合いだった。

高輪を過ぎ、北品川宿の通りを南へと進んだ又十郎は、品川二丁目の丁字路を右に曲がった。

その道の先は北馬場町《きたばばちょう》で、牛頭天王社《ごずてんのうしゃ》を正面に見て、右側に稲荷門前があった。

掛け看板の下がっていた旅籠『近江屋』は、すぐに分かった。

土間に入って名を名乗ると、話は通っていたようで、又十郎は番頭の案内で二階の部屋に入った。

障子の窓を開くと、北品川宿の家並の彼方《かなた》に日を浴びた海が望めた。

「いやぁ、参った参った」

嶋尾久作が、笑み混じりの声を張り上げて姿を現したのは、夕刻だった。

又十郎が『近江屋』に入ってから、一刻（約二時間）ほどが過ぎた時分と思われる。

「なにもわざわざ、又十郎の手を煩わすほどのことではなかったが、生憎《あいにく》、伊庭精吾の配下が、折悪《おりあ》しく方々に散っていて、手が足りぬのだよ」

又十郎の向かいに腰を下ろすなり、嶋尾は一気に語った。

窓から見える品川沖は西日を受けて輝いていたが、『近江屋』の部屋は暗く翳《かげ》っていた。

「六日ほど前、品川に着いた『備中屋』の船の積み荷の一部を盗んだ水主が三人、いずこかへ姿をくらませた」

嶋尾の口調には、冷ややかで非難がましい匂いがあった。

そのことよりも、又十郎が眼を見開いたのは、先夜、富五郎から聞いた話とあまりにも似ていたことだった。

富五郎と馴染みの手代のいる薬種問屋に、船乗りと思《おぼ》しき男が、異国でしか採れない薬草を売りに来たという一件である。

又十郎は、嶋尾の話を聞くことにした。

「逃げた水主どもは、どこかで売りさばくつもりだったようだが、おそらく何処《どこ》でも相手にされなかったと思われる。なぜかと言うとな、三人の水主どもが、よりによって、盗んだ薬草を『備中屋』に買い取れと、今朝方、強請《ゆすり》の文を店先に投げ込んだんだよ」

そう口にすると、嶋尾は、ふんと鼻で笑った。

金と荷の取引場所と時刻は、昼過ぎに知らせると文に記してあったという。

「『備中屋』にすれば、大枚を出して買い取るほどの薬草ではないが、金を出すのを拒んで、水主どもによからぬことを触れ回られるのも困るというのだ」

「困るというのは」

又十郎は、さりげなく尋ねた。

「あたかも『備中屋』が抜け荷で得た異国の薬草だとか、そういう噂を流されでもしたら困るからなんとかしてもらえないかと、こっちは泣きつかれたのさ」

嶋尾の返事は、又十郎の予想した通りだった。

藩御用の廻船問屋『備中屋』のこととなれば放ってもおけず、江戸屋敷の目付が密かに手を貸すことになったのだと、嶋尾が又十郎に打ち明けた。

「手を貸すとは」

又十郎は、穏やかな声を向けた。

「まず、品川で相手に金を渡す。そこで、薬草の隠し場所を聞き出すつもりだが、相手がどう出るか知れぬ。万が一、刃傷沙汰になった時は、倒してもらいたい。決して殺さずにな」

「承知致しました」

又十郎は、上体を、前に小さく倒した。

「誰だ」

嶋尾が、廊下の障子に向かって声を発した。

「亥太郎《いたろう》です」

声がして、少し開けた障子の向こうに、男が膝を揃えていた。

又十郎は、初めて見る顔だった。

「伊庭の配下の亥太郎だ」

嶋尾がそう口にすると、上背もあって筋骨逞《たくま》しい、二十五、六と見える亥太郎は又十郎に微かに会釈をした。

「『備中屋』に文が届きまして、金の受け渡し場所は、東海寺《とうかいじ》北門近くの浴鳳池《よくほういけ》。時刻は、六つ半。すでに『備中屋』の手代二人が、六十両（約六十万円）を持って品川に向かいました」

亥太郎の報告に、嶋尾が初めて厳しい顔を見せて、小さく頷いた。


近隣の寺から、暮六つを知らせる鐘が鳴り出したのを潮に、又十郎は、嶋尾と亥太郎とともに、旅籠『近江屋』を出た。

「この後のことは伊庭に任せてあるゆえ」

そう言い残して、嶋尾は北馬場町から東海道へ向けて立ち去った。

「我らは、東海寺に身を隠して待ちます」

促された又十郎は、亥太郎に続いて、東海道とは逆の方に足を向けた。

品川の東海寺は、旅籠『近江屋』からほど近いところにあるという。

牛頭天王社中門を左に曲がると、東海寺門前だった。

東海寺額門《がくもん》から、日の翳った境内が奥に広がっていた。

東海寺は、寛永期《かんえい》に沢庵《たくあん》和尚によって開山された名刹《めいさつ》だという。

小堀遠州《こぼりえんしゅう》の作と伝えられる庭の浴鳳池は、時節になれば多くの行楽の人々を集める場所だということだった。

しかし、日が落ちても暑さの残るこの時期、暮れて行く東海寺の境内にはほとんど人影はなかった。

東海寺の北門を過ぎてすぐの右手に、広い池が見えた。

「浴鳳池です」

声を低めて教えただけで、亥太郎は境内奥の堂宇《どうう》に入り込んだ。

「ここで、刻限になるのを待っていただきます」

堂宇の庭に又十郎を導いて、亥太郎がそう説明すると、

「わたしは表を見て参りますので」

その場を去って行った。

又十郎は、庭に面した濡《ぬ》れ縁《えん》に腰を掛けた。

垣根越しに、浴鳳池の一部が見えた。

なるほど――又十郎は腹の中で呟いた。

嶋尾たちは、金の授受が行われる場所に近い堂宇を、待機所と見張り所にしたのだ。

秋の日は釣瓶落としというが、待っている間に、辺りは刻々と暮れて行った。

四半刻以上が経った頃、

「こちらへ」

庭に戻って来た亥太郎が、又十郎に囁いた。

亥太郎は、堂宇の庭の柴垣《しばがき》を開いて、浴鳳池の東端の灌木《かんぼく》に又十郎を案内した。

そこに、横目頭、伊庭精吾が潜んでいた。

「間もなく、『備中屋』の手代二人が金を持って現れる」

伊庭が、茹《ゆ》で卵のようなつるりとした顔に手をやり、声を潜めて又十郎に伝えた。

又十郎は、伊庭や亥太郎に倣い、腰を落として灌木の陰に身を隠した。

息を詰めて待っていると、浴鳳池の東側に現れた二つの人影が、恐る恐る辺りを見回す姿が見えた。

「『備中屋』の手代だ」

そう言うと、伊庭がさらに声を潜めて続けた。

「水主が何人来るか知れぬが、決して逃がしてはならぬ。おれは池の北側に回るゆえ、亥太郎は東側に潜み、香坂殿は、池の南側に回ってもらう」

「分かった」

又十郎が小声で応じると、伊庭も亥太郎も、足音を消してその場を後にした。

池の東側に不安げに立っている手代の影が、ずいぶん濃くなっていた。

又十郎は、池の東側がよく見える場所に近づこうと、足音を忍ばせて灌木から離れ、池の西側を迂回《うかい》して東側に進むと、葉の繁《しげ》る躑躅《つつじ》の陰に身を隠した。

その直後、頬被りをした人影が現れて、二人の手代に近づいた。

「『備中屋』か」

頬被りの人影の発した声が、又十郎のもとに微かに届いた。

両者の間に一言二言やり取りがあってすぐ、頬被りの人影が、手代の一人が差し出した黒い物を摑《つか》むと、踵《きびす》を返した。

その時、木立の中から亥太郎と思しき人影が飛び出して、頬被りの行く手を阻んだ。

池の北側からは、腰の刀に左手を添えた伊庭の影が駆け寄った。

池の畔を駆けながら、頬被りの男が逃げ惑っている姿が又十郎の眼に飛び込んだ。

次の瞬間、刀を抜いて峰に返した伊庭が、逃げ惑う影の太腿《ふともも》に一撃を加えるのを見た。つんのめって倒れた男の手から離れた黒い物が、地面に転がってジャラリと鈍い音を立てた。

恐らく、金包みだろう。

立ち上がろうとした頬被りの男を蹴倒して、亥太郎が馬乗りになった。

そして、素早く後ろ手に縛り上げると、地面に座らせた。

「お前たちは店に戻ってよい」

伊庭に促された二人の手代は、ぺこぺこと頭を下げて、逃げるようにその場を去って行った。

伊庭が、座らされた男の頬被りを剝ぎ取った。
二十四、五ほどの男の顔が、月明かりに浮かび上がった。
「『備中屋』の船、恵比寿丸《えびすまる》から一緒に逃げた、ほかの二人の居場所を言え」

抑揚のない伊庭の声に凄《すご》みがあった。

だが、縛られた男が動じる様子はなかった。

伊庭がすらりと刀を抜くと、

「おれが戻らなければ、仲間二人は逃げ、盗《と》った薬草も隠すが、それでもいいのか」

縛られた男は、伊庭を見て不敵に笑みを浮かべた。

「逃げた水主二人のうち、一人は、芝《しば》、金杉《かなすぎ》生まれの正次郎《しょうじろう》。もう一人は、安房《あわ》、勝浦《かつうら》の漁師の倅《せがれ》、杉造《すぎぞう》ということは分かっている」

伊庭の言葉に、縛られた男の喉が、微かに動いた。

「だが、二人の親元を我が手の者に探らせたが、隠れている様子はなかった。恐らく二人とも、この江戸のどこかに潜んでいるのだろうが、そのうち炙《あぶ》り出す。無論、お前の素性も分かっている。『備中屋』の控書《ひかえが》きによれば、浜岡生まれの、儀十《ぎじゅう》であろう」

伊庭の刀が喉元に突きつけられると、儀十と呼ばれた男の顔に怯《おび》えが走った。

「浜岡の綾島《あやしま》には、お前の帰りを一人で待っている母親がいるのではなかったか。もし、お前が浜岡に帰らないとなると、どれだけ嘆き悲しむかな」

静かな伊庭の物言いが、かえって不気味に響いた。

強気だった儀十の顔がみるみる崩れ、唇を嚙《か》んだ。

「芝、湊町の船具小屋」

かすれた声を洩《も》らした儀十が、ガクリと首を折った。

「亥太郎、この者を藩の蔵屋敷へ押し込めておけ」

「はい」

亥太郎が、後ろ手に縛った儀十の腕を摑むと、軽々と立たせた。

伊庭が東海寺の境内に足を向けると、又十郎がそれに続こうとした。

「香坂殿は、ここでよい」

又十郎は、思わず足を止めた。

「思いのほかすんなりとことは片付いた。あとの二人の始末は、我らのみでやる」

そう言い残すと、伊庭は東海寺の北門へと足を向けた。

儀十の手を縛った縄を摑んだまま、亥太郎は伊庭の後に続いた。

又十郎一人が、ぽつりと暗い境内に残った。

四

又十郎は、品川から一刻ほど歩いて、神田に着いた。町の木戸が閉まる四つまで間もない通りに、人影はほとんどなかった。

又十郎は、神田川に架かる筋違橋《すじかいばし》を急ぎ渡った。

神田佐久間町《さくまちょう》の方へ曲がりかけて、ふっと足を止めた。昌平橋《しょうへいばし》の北詰に、友三の屋台の行灯《あんどん》が灯《とも》っていた。

腹が空《す》いていたわけではないが、行灯の光に誘われるように、又十郎の足が昌平橋へと向いた。

屋台の傍の石に、近くの武家屋敷の中間《ちゅうげん》と思しき男が二人腰掛けて、丼の蕎麦《そば》を啜っていた。

近づいた又十郎に気付いた友三が、声を掛けてきた。

「蕎麦ですか」

「いや、蕎麦よりも、本当は一杯やりたいところなのだが、開いてる店が見当たらん」

又十郎は、苦笑いを浮かべた。

すると、屋台の向こうにしゃがみこんだ友三が、ガサゴソしたかと思うと立ち上がり、湯呑を縁に置いて、

「わたしの喉が渇いた時に飲むもんです」

と、又十郎に勧めた。

湯呑を口に近づけると、ぷんと酒の匂いがして、又十郎は思わず友三を見た。

友三は、中間の客の手前、何も言わず、ただ頷いた。

又十郎は、ゆっくりと湯呑を口に運び、飲んだ。

酒が胃の腑《ふ》に染みわたった。

もう一口飲んだ時、浜岡生まれだという儀十のことが頭に浮かんだ。

帰りを待つ母親のことを、伊庭から持ち出された時の儀十の顔が痛々しかった。

妻の万寿栄《ますえ》や実家を継いだ兄の家族を人質に取られている又十郎と同じ境遇に、儀十も立たされたのだ。

「美味《うま》かったぜ」

そう声を掛けた中間二人が銭を置くと、慌ただしく昌平橋を南へと渡って行った。

友三は器を下げ、屋台の陰で洗い始めた。

「女房のことでは、みなさんに何かと気を遣っていただきまして」

友三が、殊勝な声を出した。

富五郎の女房、おはまや、飯を作った又十郎への謝辞だった。

「十年くらい前になりますが、おていが初めて寝込んだ時、わたしは、周りの人の世話になるのを、ことごとく断ってたんですよ。世話になれば、お礼もしなきゃいけねぇ。そんなことを思ったら、じゃぁ端《はな》から人の世話なんかいらねぇなんてね。それで随分と、以前住んでいた長屋の住人から嫌われたもんです」

そう口にした友三が、小さく苦笑いを浮かべた。

長屋に居辛《いづら》くなった友三は、寝込んだおていの具合がよくなるとすぐ、店替《たなが》えをして『源七店』に移り住んだという。

それが十年前のことだった。

移り住んでからも、時々おていの具合は悪くなった。

それでも人の手を借りまいとしていた友三を激しく窘めたのが、『源七店』に引っ越して来たばかりのおはまだった。

「あんたは、自分の都合だけで物事を決めてる。本気で女房のことを思うなら、くだらない意地なんか捨てておしまい」

そうまで言われた友三は、みなの親切を受け入れた。

喜平次や富五郎、おはまは勿論《もちろん》、大家の茂吉まで、交代でおていの枕元に詰め、飯の世話も焼いたという。半年ほど前に住人になったお由も『源七店』の住人の助け合いに驚いた、と言っていた。

「赤の他人が、こんなに親身になってくれている。そう思ったとたん、意地を捨てることにしたんですよ。人の親切に甘えてもいいんじゃねぇか。そうしたらね、香坂さん、ふっと肩から重い物が取れたんですよ」

友三の顔に笑みが浮かんだ。

「あれだね。思い切れば、何かが変わるってことがあるんですよ、世の中にゃ」

しみじみと口にした友三を、又十郎は穴が開くほど見詰めた。


廻船問屋『丸屋』の水主、貞二が又十郎に会いたがっていると喜平次から聞いたのは、品川の東海寺に行った日の翌朝だった。

「貞二って男が、丈助にそう言ったようです」

『源七店』の井戸端で顔を合わせた喜平次からそう聞いて、又十郎はすぐに会う段取りをつけてくれるよう頼んだ。

それから二日が経った昨夜、

「明日の八つ（二時頃）に、この前会った霊岸島の『春海屋』で」

貞二からの返事が、喜平次によってもたらされた。

貞二と会うという当日、又十郎はいつも通り笠を被り、釣り竿を担いで『源七店』

を出た。

日本橋、本石町《ほんこくちょう》の時の鐘が八つを打つ頃、又十郎は『春海屋』の暖簾を割って店内に入った。

客の入りは五分くらいで、板張りで手を上げた貞二がすぐ眼についた。

「江戸に居るうちに、酒でもと言っていただきましたが、明日には江戸を離れることになったもんですから」

又十郎が向かいに腰を下ろすとすぐ、貞二が申し訳なさそうに口を開いた。

「江戸を出て、浜岡に向かうのか」

又十郎が声を潜めた。

「そうです」

貞二が頷いた。

ふうと、大きく息を吸った又十郎が、貞二の方に身を乗り出し、

「おれを、浜岡へ行く『丸屋』の船に乗せてもらえぬだろうか」

声を抑えて訴えた。

「船頭と水主頭に聞かないと、おれはなんとも」

貞二は、腕を組んだ。

又十郎は焦った。

船頭と水主頭の返事が又十郎に届くまでに一日以上は掛かり、明日の出帆には間に合わない。

「明日の朝四つに、新川の三ノ橋《さんはし》に来れますか」

「それは」

「陸《おか》に揚がっていた船乗りたちは、三ノ橋から小船に乗って沖に停《と》まってる船に乗り込むんです」

「ああ」

又十郎は頷いた。

「ただ、乗れるかどうかは分かりません。もしかすると、駄目かもしれませんが、その時は勘弁してください」

そう口にして頭を下げた貞二に、

「明日四つ。必ず行く」

又十郎は低い声できっぱりと言い切った。

貞二と会った日の夜、布団に入った又十郎はなかなか眠れなかった。

明朝、霊岸島へ行けば、『丸屋』の船に乗って江戸を離れられるかもしれないのだ。

支度は、昼のうちに済ませていた。

万一、乗船を断られても、掛け合って、何としてでも乗り込むしかない。何日掛かって着くのかは分からないが、浜岡の港に着いたら密かに船を下り、万寿栄を連れて他国へと逃れるつもりだった。

思い切れば何かが変わる。友三の一言が又十郎を決意させた。

今、何かことを起こさなければ、この先も闇のような気がする。

万寿栄と二人なら、乗り切れそうな気がした。

実家の兄や万寿栄の実家に災いが及ぶことに胸は痛むが、万寿栄をいつまでも待たせるわけにはいかないのだ。

万寿栄の弟、数馬を手に掛けた又十郎のせめてもの罪滅ぼしだった。


翌朝、又十郎は、まだ明けきらぬうちに『源七店』を出た。

いつもの通り、笠を被り、魚籠を下げ、釣り竿を肩にして、霊岸島へと向かった。

逸《はや》る気持ちを抑えながら、又十郎はゆったりとした歩調を取った。

小伝馬町《こでんまちょう》を過ぎ、日本橋川に沿った小網町《こあみちょう》を通った又十郎が、霊岸島へと足を踏み入れた頃、東の空が白《しら》み始めた。

町中も、小船が係留された堀沿いも、忙しく働く人足たちの声が飛び交って、活気が漲《みなぎ》っていた。

又十郎は、新川に架かる一《いち》ノ橋《はし》の手前を左に折れた。

そのまま真っ直ぐに進めば、二《に》ノ橋《はし》を経て三ノ橋へと行き着く。

三ノ橋の先は、海へと繋がる大川が流れているのだ。

二ノ橋を通り過ぎたところで、三ノ橋の岸辺に停まっている三艘《そう》の小船が見えた。

その船に、岸辺から乗り込んでいる男たちの影があった。

乗り込む男たちの中に、貞二もいるはずだった。

又十郎の足が、思わず速くなった。その時、

「香坂様」

背後から、聞き覚えのある声がした。

二ノ橋と三ノ橋の中間の所で足を止めた又十郎を、両脇を固めるように団平と亥太郎が立った。

「嶋尾様がお呼びです」

団平が、穏やかな声を又十郎に掛けた。

「刻限を言えば、後ほど行く」

そう言うと、又十郎は三ノ橋へと急いだ。

すると、団平が又十郎の行く手に立った。

「どけ」

又十郎が、脇をすり抜けようとすると、団平が両手を広げた。

思わず刀の柄《つか》に手を掛けた又十郎は、いきなり背後から亥太郎に羽交《はが》い締めにされた。

又十郎は振りほどこうと激しく抗《あらが》ったが、亥太郎の膂力《りょりょく》はすさまじく強かった。

「放せ」

鋭い声を出したものの、すぐに又十郎から力が抜けた。

明るさを増した三ノ橋の岸辺から、小船が三艘、大川へと舳先《へさき》を向けて離れて行くのが又十郎の眼に映っていた。

船の艫《とも》に立って辺りを見回している貞二の姿が見えた。

ここだ——叫びたかったが、又十郎は思い留《とど》まった。

貞二の乗った小船が大川に出ると、下流へと切れ込んで、そして消えた。

本郷《ほんごう》の台地の東斜面にある玉蓮院《ぎょくれんいん》に朝日が射していた。

又十郎がいつも通される離れの、庭に面した障子は開け放たれていた。

霊岸島で、団平と亥太郎に行く手を阻まれた又十郎は、そのまま玉蓮院に連れて来られた。

待つほどのこともなく、離れに嶋尾久作と伊庭精吾が現れた。

伊庭が又十郎の右斜めに座り、向かいに嶋尾が座るとすぐ、

「無理やり連れて来られたという思いもあろうが、一つ、急用もあったのでな」

淡々と口にした。

「例の、三人の水主のことから話すか」

嶋尾が伊庭に眼を遣った。

「『備中屋』の船から薬草を盗み取った水主のうち、知っての通り、一人は東海寺でひっ捕え、残り二人は、芝の隠れ家で捕えた」

伊庭が、又十郎にそう説明した。

だが、盗んだ薬草は隠れ家にはなかったと打ち明けた。

隠れ家に居た水主の正次郎は、薬草を木箱に詰め、菰《こも》に包んで浮きを付けて海に投じたと白状した。後日拾い上げるつもりだったようだ。

しかし、伊庭の配下たち、『備中屋』の奉公人たちが船を出して芝の海を探したが、見つからなかった。

「水主どもが偽りを言ったか、沖に流されたか、それならそれでいいと、『備中屋』の江戸店の主は言っている」

伊庭は、そう締め括《くく》った。

三人の水主たちがどうなったか、聞こうとして、又十郎は思い留まった。

どういう方法かは分からないが、三人の水主は、伊庭ら横目の者たちによって、密かに葬られたに違いなかった。

「又十郎、国元の妻女に、江戸に居ることを知らせたか」

突然、嶋尾が、抑揚のない声を向けた。

「いえ」

返事をした又十郎の声が、少し掠《かす》れた。が、嘘ではなかった。

「十日ほど前、そなたの妻女が妙な動き方をしたという知らせが、国元の組目付から昨日届いてな」

国元の組目付からの知らせによると、一日、二日の間に、藩の祐筆《ゆうひつ》、山中小市郎《やまなかこいちろう》を三度訪ねたそうだ。すると、今度は小市郎が、叔父である国家老、馬淵平太夫《まぶちへいだゆう》の屋敷を頻繁に訪ねたという。

馬淵家は代々、浜岡藩主が誰に替わろうと家老職を務める永久家老の家柄であった。

馬淵平太夫は、藩の中枢の勢力争いにも権力にも欲はなく、目立つことを好まないという噂が専らで、人品は穏やかだと又十郎は耳にしていた。

「昨日、国元の馬淵ご家老から、江戸屋敷のご家老、大谷庄兵衛《おおたにしようべえ》様に文が届いたのだが、その文面を見て驚いたよ」

そう口にした嶋尾が、又十郎にぐいと身を乗り出すと、さらに続けた。

「香坂又十郎が江戸にいるという噂を耳にしたが、その真意をお知らせ願いたいというものだった」

嶋尾の言に、又十郎は瞠目《どうもく》した。

思いもよらない国元の動きだった。

「無能との噂のある永久家老の馬淵様とはいえ、国家老という重き立場のお人に妙な動きをされては、藩内に軋《きし》みが生じ、公儀に付け込まれる隙を見せることにもなる。そこで、江戸家老の大谷様、真壁《まかべ》様と協議の末、香坂又十郎は、藩主直々の密命を受けて江戸で働いていると、返事をした」

真壁蔵之助《くらのすけ》は藩政を牛耳る上州《じょうしゅう》派の江戸家老だ。又十郎は声がなかった。

「このことは、おそらく国のご妻女にももたらされる」

思わず、又十郎が息を飲んだ。

「一連の動きからして、ご妻女は、その方が江戸に居ることを知ったとしか考えられぬのだが、心当たりはあるか」

声音は穏やかだったが、口にした嶋尾の眼は、鷹《たか》のように又十郎を見据えていた。

「送り主の名は伏せ、小間物屋から妻あてに櫛《くし》を送らせました」

「名は知らせ《せ》なくとも、その方からのものだと気付くようにか」

嶋尾が、急いたように問い詰めた。

又十郎が送ったのは、蜜柑《みかん》の花模様のある櫛だった。

それをどう説明すればいいのか迷っていると、

「おそらく、そうなのであろう」

嶋尾が静かに決めつけると腕を組み、大きく息を吐いた。

いきなり、ピピピと鋭い小鳥の声がして、遠くへと飛び去った。

「その方が江戸に居ると知れた上は仕方あるまい。国元の妻女に金品を送ることは許す。妻女からの文も許すが、送り先は、この玉蓮院だ。内容を確かめた上で、障りがなければその方に手渡す。つまり、妻女との、直《じか》のやり取りは一切禁ずるということだ」

嶋尾の言い分に、又十郎に否応《いやおう》はなかった。

手足をもがれたような今日までの束縛を思えば、軽やかな気分だった。

「承知致しました」

又十郎は、嶋尾に向かって両手を突いた。

「今朝は、霊岸島になにか用があったのか」

嶋尾が、突然話を変えた。

「いつもの、釣りの途中でした」

又十郎は、努めて平然と答えた。

「団平や亥太郎に、同行を拒んだと聞いたが」

伊庭が口を挟んだ。

「せっかくの楽しみを邪魔されるのは、気分がよくありませんから」

又十郎は、少し大げさに口を尖《とが》らせた。

「まぁ、いい」

そう言うと、立ち上がった嶋尾が縁に立ち、朝日の射し込む庭に顔を向けた。

「もう一つ、言うて置くことがある」

背を向けた嶋尾が、静かに口を利いた。

又十郎は、体を回して嶋尾に向いた。

「こののち、その方の行方が三日知れぬ時は、真《まこと》の脱藩者と見なして国元の縁者は、追放、あるいは死罪となる」

嶋尾の口吻《くちぶり》は静かだが、内容は酷薄そのものだった。

今朝、霊岸島から逃亡を図ったことは、嶋尾に見透かされていたと思い至った。

五

夜の帳《とばり》が降りはじめた芝浜《しばはま》に、穏やかな波が寄せては引いていた。

日が落ちて四半刻ほどになるが、浜にも網干し場や物置き場のあたりにも、人の気配はない。

東海道に面した本芝《ほんしば》の通りには明かりが灯っているが、町並みの裏に当たる芝浜は薄暗い。浜の北側にある越前、鯖江《さばえ》藩、間部《まなべ》家の下屋敷近くに立つ常夜灯が、唯一の明かりだった。

ほんの少し前にやって来た又十郎は、浜の南端に建つ鹿嶋社《かしましゃ》の塀際に腰を下ろしていた。

嶋尾の押し殺した声がよみがえってきた。

「今宵《こよい》、侍を一人、始末してもらいたい」

嶋尾にそう命じられたのは、今日の昼間、玉蓮院を去る間際だった。

「その者は、浜岡藩江戸屋敷のお蔵奉行、脇田武太夫《わきたぶだゆう》」

嶋尾によれば、『備中屋』の船から薬草などを盗み取った三人の水主を裏で操っていた張本人だという。

私腹を肥やすため、江戸に入港するたびに、水主が盗み取った品を受け取り、横流しを繰り返していた。

「これまでは、表沙汰になるのを恐れて眼を瞑《つむ》っていたが、異国から買い求めた品を盗ませ、あろうことか、『備中屋』に売りつけようなどとするに至っては、黙っておるわけにはいかぬ」

嶋尾は、脇田の処分を決意したと述べた。

「今夜、六つ半に、芝浜の鹿島社近くに、儀十の名で、脇田を呼び出す」

伊庭が話を引き継いだ。

『備中屋』の船の水主三人がどうなったか、脇田の耳には届いていないと伊庭が口にした。

「脇田は、江戸ではかなりの使い手ゆえ、香坂又十郎、その方でなければならんのだ」

嶋尾はふうと息を吐いた。そして、

「倒したら、眼の前の海に流すがよい」

そう言い切ると、立ち上がった。

「それがしが討たれた時は、その骸《むくろ》はどうなりまする」

又十郎が、見上げた。

ほんの僅《わず》かの間を置くと、

「頼む」

と言い残して、嶋尾は伊庭を従えて離れを出て行った。

又十郎の口からため息が洩れた。

芝浜が暗さを増した分、潮騒《しおさい》の音も高くなったように感じた。

いつの間にか、月が出ていた。

ザリッと、砂を踏む音を聞いて、又十郎は腰を上げた。

鹿嶋社の正面の方から現れた人影が、砂浜に歩を進めていた。

袴に刀を差しているところから、侍に間違いなかった。

又十郎が、人影に近づくと、相手は足を止めた。

「脇田殿か」

又十郎の問いかけに、侍は不審そうな眼を向けた。

答えないところを見ると、本人に違いあるまい。微かな明かりに浮かんだ三十代半ばの脇田は、肩幅が広かった。

「儀十は、ここには来ぬ」

「何者か」

野太い声が返って来た。

「お家のために、お主を斬らねばならん」

そう口にして、又十郎が刀を抜いた。

「面白い」

微かに白い歯を見せて刀を抜くと、脇田は草履《ぞうり》を脱いだ。

又十郎も草履を脱いで、正眼に構えた。

いきなり、脇田が打ち込んできた。

又十郎は砂を蹴って、後ろに飛び退《の》いた。

お互い、一言も発しない。

ザッザザッザッと、砂を踏みしめた脇田が、又十郎目がけて矢継ぎばやに突きを入れてきた。

東海道の町の明かりが、浜にほのかに届いて、相手の動きは見えていた。

嶋尾が使い手と口にした通り、脇田の太刀捌《さば》きに鋭さがあった。

脇田の突きを鎬《しのぎ》で受け流した又十郎は、切っ先を相手に向けたまま横に動いた。

又十郎と動きを合わせた脇田ともども、海水の中に両足を踏み入れた。

二人はそのまま、切っ先を向け合ったまま対峙《たいじ》した。

お互い無言で、打ち込む間を探っていた。

静かに打ち寄せる波が、何度か二人の足元を洗った直後、

「とおっ！」

「やぁっ！」

裂帛《れっぱく》の気合と共に又十郎と脇田が接近し、刀を振るって交叉《こうさ》した。

振り返った又十郎は、裂かれた袖口を見た。

足を踏ん張った脇田が、又十郎の方に体を回した。その刹那《せつな》、がくりと片膝を水際に突いた。

脇田の脇腹から滴った血が海水に落ち、引き波に運ばれていく。

刀を砂地に突き立てて踏ん張ろうとした脇田だが、そのまま腹から浅瀬に倒れ込んだ。

又十郎はそれを見て、止めていた息を大きく吐いた。

静かになった芝浜に、潮騒だけが規則正しい音を刻んでいた。


朝日を浴びた海を、大小の船が行き来していた。

又十郎は、朝早くから、木挽町築地の南飯田河岸で釣り糸を垂らしていたが、どうしても魚を釣り上げたいという思いはなかった。

気を紛らわそうと、体を動かすことが目的だった。

芝浜で脇田武太夫を討ち果たしてから、二日が経っていた。

南飯田河岸の目の前は、大川の河口というより、江戸前の海である。

その海を、帆船や荷船が行き交っていた。

又十郎が乗ろうとした廻船問屋『丸屋』の船は、今頃、どのあたりの海を浜岡へと向かっているのだろうか。

すでに、駿河灘《するがなだ》を通り過ぎているのだろうか。

江戸からの脱出を試みようとした二日前、思いがけないことが周りで起きていたことを又十郎は知った。

万寿栄はおそらく、江戸から送られて来た櫛の図柄から、送り主が又十郎だと気付いたのに違いなかった。

そう気付いたからこそ、弟数馬の親友、山中小市郎を訪ねて、又十郎が江戸で生きていると伝えたと思われた。

その結果、又十郎が万寿栄に金品を送ることも、万寿栄が又十郎に文を送ることも許された。

たった二日で己を取り巻く事情が変わったことに、又十郎自身戸惑っていた。

又十郎は、気持ちの整理をつけるために、海辺へと足を向けたのだった。

日射しを暑く感じはじめた又十郎は、ついに釣りをやめた。

いつもより魚の数は少ないが、釣果がなかったわけではなかった。

魚籠を下げると、又十郎は、紀伊家拝領屋敷の東側から小田原河岸へと向かった。

だだっ広い通りに人の姿はなかった。

南小田原町なら、漁師や干物作りの女房たちが忙しく働いているのだが、海辺の築地は、もともと人通りのある土地ではない。

拝領屋敷の角を左へと曲がりかけた時、右手の小路から、編笠を付けた袴の侍が姿を現した。

背は中くらいの、小太りの体格を、又十郎はどこかで見た覚えがあった。

「おれに用か」

又十郎が、口を開いた。

返事をする代わりに、小太りの侍がゆっくりと編笠を取った。

「あ」

と、口を開けた又十郎が眼にしたのは、浜岡藩下屋敷の蔵役人、筧道三郎《かけいみちさぶろう》の顔だった。

「お主、先夜は、我が浜岡藩下屋敷に、何をしに現れたのだ」

「それを聞きに、ここまで来たのか」

又十郎が眉を顰《ひそ》めた。

「ほかにも、いろいろと聞きたいこともあって、そなたの動きを時々、見ていた」

筧は、声を荒らげることなく口にした。

気に入った釣り場があることも分かったと、筧は打ち明けた。

「おれが、渋谷の下屋敷に行ったのは、中間部屋の博奕《ばくち》が目当てだ」

又十郎が返事をしても、筧は、顔色一つ変えない。

むしろ、険しい顔つきとなって、

「博奕をするのに、なにゆえ、名を偽った」

筧の追及に、又十郎は言葉を失った。

「中間の仲七郎を問い詰めたら、お主の本当の名は、香坂というそうではないか。香坂、又十郎と」

そう口にした筧の眼は、又十郎を見たまま揺らぎもしなかった。

筧が、又十郎の名に心当たりがなかったことは幸いだった。

同志だったのか、あるいは敵対していたのかは分からないが、義弟、数馬の口から又十郎の名が洩れた様子はなかった。

国元の御前試合で十人抜きをした又十郎だが、その名が耳に届くのは江戸屋敷の重役か剣術の稽古に通う一部の藩士だけのようだ。

「もう一度聞く。なにしに下屋敷に来たのだ」

そう言うと、筧がじりっと、足を又十郎の方に進めた。

「下屋敷の何を、誰を探りに来たのか」

さらにもう一歩詰めると、筧の左手が腰の刀に掛かった。

「お主は、誰の元で動いておるっ」

「おれは誰の命も受けてはおらん」

そう返答した瞬間、刀を抜いた筧が切っ先を向けて、つつつっと又十郎に迫った。
二、三歩後退《あとじさ》った又十郎は、すぐさま刀を抜くと、筧の刀を横に流して、突きを躱した。
筧はつんのめることなく片足で踏みとどまると、体を回して、正眼に刀を構えた。

間合いを取って、又十郎も正眼に構えた。

二人の切っ先は、一尺（約九十センチ）ほどの間合いで、向き合っていた。

筧の刀捌きには、剛という字が似合うほど重々しさがあった。

「お主、剣の流儀はなんという」

筧に尋ねられたが、

「それは言えぬ」

又十郎は、拒んだ。

「負けると、流派の名折れになるか」

「どう受け取られても構わん」

又十郎は正直に答えた。

田宮神剣流《たみやしんけんりゅう》と名乗ってもよかったが、その名を聞いて、国元の藩士が通う道場の流派だと気付かれるのを、又十郎は恐れた。

二人は、向き合ったまま、身動き一つしなかった。

向後刀《こうご》を交えれば、必ずどちらかが命を落とすことになることは、又十郎には分かっていた。

恐らく、筧道三郎もそのことを察知していたに違いない。

柄を握る手に、じわりと汗が滲《にじ》んだ。

「あ、なんだ！」

拝領屋敷の角を曲がって来た子供が、大声を発した。徳次だった。

「おじちゃん、喧嘩《けんか》なら加勢するぞ！」

と、叫んで筧の方を睨みつけた。

軽く唸った筧が、仕方なさそうに刀を鞘《さや》に納めると、

「いずれ、正体を突き止めて見せる」

低く言い放つと、小田原河岸の方へ歩き去った。

なにごとかと問いたそうな素振りをみせたが、

「それじゃおれは」

慌てて駆け出そうとした徳次に、

「どこへ行くんだ」

又十郎が問いかけた。

「平助が、腹が痛いっていうから、南小田原町のお梶《かじ》さんとこに行って、薬を貰《もら》おう

かと思ってよ」

「分かった。それじゃ、おれはみんなのもとに行って待っている」

「うん」

そう返事をすると、徳次は韋駄天《いだてん》のように駆け出した。

又十郎が、孤児《みなしご》たちのいる波除稲荷に入り込むと、平助は、日陰になった濡れ縁に寝かされて、うーうーと唸っていた。

「たったいま、徳次から話を聞いて来たよ」

又十郎がそう言うと、

「平助の奴、昨日の残りの刺身を食ったらしいんだ」

一番年かさの太吉《たきち》が、又十郎に囁いた。

寝ている平助の腹を捨松《すてまつ》が撫でさすっていたが、効き目があるようには見えなかった。

重三《しげぞう》が、朝餉に使った器を洗い終えて、笊《ざる》ごと日向《ひなた》に置いた。

「どうだ。その後、稼ぎはあるのか」

縁に腰を掛けて、又十郎が誰にともなく声を出した。

「あぁ。貯まってるよ。腹痛《はらいた》の薬を買うぐらいなんともないが、薬屋まで遠いからお梶さんを頼ったんだよ」

　そう言って、太吉が背筋を伸ばした。

「薬、貰って来たぞ！」

　稲荷の境内に、徳次が駆け込んできた。

「誰か水」

　徳次から薬の袋を受け取った又十郎が、平助の体を起こした。

「はい、水」

　湯呑に水を汲んだ捨松が、平助に手渡した。

「口を開けろ」

　又十郎に言われて平助が口を開けた。

　その口に、粉薬を流し込んだ。

「水を飲んで、嗽《うがい》をして飲み込め」

　顔をしかめた平助の喉が鳴った。

「苦いか。とにかく、じっと寝ておれ」

　又十郎が言うと、平助は頷いて、ごろりと縁に寝転んだ。

「さて、帰るとするか」

　又十郎は、縁から下りると、置いていた刀を腰に差し、魚籠を手にした。

「香坂さん、今朝採った浅蜊《あさり》と蛤《はまぐり》、持っていくかい」

太吉から声が掛かった。

「どこにあるんだ」

「ここ」

太吉が、縁の下から、菰で包まれた木箱を取り出すと又十郎の前に置いた。

結構な数の貝類があった。

「蛤を三つ、浅蜊を湯飲み茶碗一杯くらい貰って行こう」

そう言うと、箱の中から茶碗で掬《すく》った貝を、太吉が又十郎の魚籠の中に放り込んだ。

「貝入れには丁度よさそうだが、この箱はどうした」

「昨日の朝、明石《あかし》河岸で釣りをしてたら、重三の針に引っ掛かったんだよ」

太吉がそう答えて、木箱の腹を軽く叩いた。

波除稲荷に持ち帰って開けようとしたら、菰に包まれた木箱は頑丈に封がされていたが、以前、盗みのようなことをして暮らしていた太吉たちにとって、開けるのに雑作はなかったという。

「中に何が入っていたと思う」

捨松が、又十郎の顔を覗き込んだ。

「さぁて」

そう口にした又十郎の頭を何かが掠《かす》めた。

「金目《かねめ》の物が入ってると思ったら、なんのことはない。枯れ草と萎《しお》れた根っこばっかりでさぁ」

徳次が素っ頓狂な声を上げた。

「それと、綺麗な白い糸が五束《ごたば》くらいかな」

太吉の声に、そうそうと徳次が相槌《あいづち》を打った。

枯れたような草に干からびた根っこ――酒の席で喜平次が口にした薬草にそっくりではないか。

抜け荷の品物の中には、白糸があるとも喜平次は言っていた。

しかも、『備中屋』の船から積み荷の薬草などを盗んで逃げた水主を捕まえた伊庭精吾は言っていた。水主たちは、薬草を木箱に詰め、菰に包んで浮きを付けて海に投げ捨てたのだと。しかも、海を探したが、見つからなかったとも、又十郎に話していた。

「太吉、その、箱の中身はどうした」

又十郎の声が甲高くなった。

「ええとね、昨日の夕餉の支度の時、草と根っこは、焚きつけにした」

太吉がさらりと口にした。

「白い糸は、顔見知りになった担ぎの小間物屋に、五十文（約千二百五十円）で売った」

重三が、ぼそりと付け加えた。

又十郎は開いた口が塞がらなかった。

『備中屋』が六十両の大枚をはたいて取り戻そうとした薬草を、太吉たちは焚きつけにしてしまったようだ。

白糸にしても、異国の品なら何十両とした代物《しろもの》かもしれなかった。

又十郎は言葉が見つからなかった。

「香坂のおじさん、髪がだいぶ伸びたね」

徳次から思いもかけない声が掛かった。

「段々、立派な浪人になってきたよ」

太吉がそう言うと、他の連中までうんうんと相槌を打った。

「ありがとうよ」

又十郎は、苦笑いを浮かべて、波除稲荷の境内を後にした。

築地本願寺の南端を築地川に沿って西に向かった又十郎は、高家《こうけ》、畠山康蔵《はたけやまやすぞう》家屋敷の角を万年橋《まんねんばし》の方へと折れた。

万年橋を渡って、采女《うねめ》ヶ原《はら》の横を通って、三原橋《みはらばし》の手前の木挽町《こびきちょう》三丁目を右に折れ、三十間堀《さんじっけんぼり》の東の岸を京橋の方へと向かうつもりだった。

東豊玉河岸《ひがしとよたま》沿いに木挽町二丁目を北へ向かっていると、対岸の西豊玉河岸の道を、又十郎と同じ歩調で進む、編笠の男に気が付いた。

その姿形から、筧道三郎に相違なかった。

『江戸、下屋敷、筧道三郎は──、筧には』

そう言い残して死んだ数馬の言葉は、今も鮮やかに又十郎のなかに残っている。

数馬がどういうつもりでその名を口にしたのか、知る由もない今、どう対処すべきかも分からない。

三十間堀を挟んで、菅笠の又十郎と編笠の筧道三郎が並行していた。

堀を越えて届く筧の足音を、又十郎の耳は不気味に捉えていた。

―――本書のプロフィール―――

本書は、小学館文庫のために書き下ろされた作品です。

小学館文庫

脱藩《だっぱん》さむらい　蜜柑《みかん》の櫛《くし》

著者　金子成人《かねこなりと》

二〇一九年二月十一日　初版第一刷発行

発行人　岡　靖司
発行所　株式会社　小学館
〒一〇一-八〇〇一
東京都千代田区一ツ橋二-三-一
電話　編集〇三-三二三〇-五九五九
　　　販売〇三-五二八一-三五五五
印刷所 —— 中央精版印刷株式会社

ISBN978-4-09-406606-7